Gulliver Taschenbuch 876

Rick Book wuchs auf einer Farm in Saskatchewan, Kanada, auf. Er arbeitete als Radio- und Fernsehjournalist, als Reporter und Werbetexter. *Knutschen mit Louise* ist sein erster Roman.

Rick Book

Knutschen mit Louise

Roman

Aus dem Amerikanischen
von Reiner Pfleiderer

BELTZ
& Gelberg

Für Mom & Dad

www.beltz.de
Gulliver Taschenbuch 876
Deutsche Erstausgabe

Programm Beltz & Gelberg, Weinheim

Die Originalausgabe erschien 1999 unter dem
Titel *Necking with Louise* bei Red Deer Press, Canada
Einbandgestaltung von Dean Allen/Cardigan.com
Gesetzt nach der neuen Rechtschreibung
Gesamtherstellung Druckhaus Beltz, 69494 Hemsbach
Printed in Germany
ISBN 3 407 78876 2
1 2 3 4 5 06 05 04 03 02

Inhalt

Ein Halloween-Ball auf dem Land

»So«, sagte Dad zögernd, als ziehe er die Worte mühsam aus einem Brunnen hervor, »heute Abend hast du also dein erstes Date.«

Oh Gott. Ich blickte aus dem Fenster. Wir fuhren gerade an Onkel Georges Sumpf vorbei zu einem Acker, um Steine aufzulesen. Ich spürte, dass Dad mir unbedingt eine Rede halten wollte. Ich blickte stur geradeaus auf die Straße.

»Also, ich glaube kaum, dass du dafür schon alt genug bist.« Dad warf mir einen raschen Blick zu. Ich fühlte, wie mein Gesicht zu glühen begann. Ich weiß nicht, für wen ich mich schämte, für mich, für ihn oder für uns beide. Hoffentlich würde er jetzt nicht von Sex oder so anfangen. Über so etwas hatte er noch nie mit mir geredet. Und was mich anging, war dafür jetzt auch nicht unbedingt die rechte Zeit.

»Du weißt, wie wir zu Anna-Maria stehen. Sie ist für uns wie eine Tochter …«

Ich schaltete Dad ab wie einen Radiosender, den man nicht richtig reinbekommt, so wie die, die nachts aus Omaha oder Kansas City über die Prärie hüpfen und wegen atmosphärischer Störungen ständig lauter und leiser werden. Ich ging also mit Anna-Maria auf das Halloween-Fest an der Highschool. Große Sache! Ich kenne Anna-Maria seit der fünften

Klasse, als ihre Familie nach Lashburg gezogen ist. Sie ist Italienerin. Ihr großer Bruder Domenic ist zwei Jahre älter als wir und ein toller Baseball- und Eishockeyspieler. Renaldo und Theresa, ihre Eltern, sind eng mit Mom und Dad befreundet. Renaldo führt den Eisenwarenladen in Lashburg und war während des Kriegs im italienischen Widerstand. Er ist so weit ganz nett – nur ein bisschen trübsinnig, was wohl an den Dingen liegt, die er erlebt hat. Theresa ist anders, lustig, immer vergnügt und eine phantastische Köchin. Sie hat Mom beigebracht, wie man Pasta macht. Davon verstehen die Leute in Saskatchewan sonst nicht besonders viel, obwohl wir hier den Hartweizen anbauen, aus dem Pasta hergestellt wird.

Dad räusperte sich laut, wie immer, wenn er nervös ist. *Jetzt bloß keine Predigt.* Ich schätze, dass der liebe Gott schon von der Party wusste, die wir in der siebten Klasse bei Peter Bourin gefeiert hatten. Ich hatte bei Freunden in der Stadt übernachtet. Irgendjemand hatte Bier organisiert, außerdem hatten wir einen Fünf-Liter-Ballon Calona-Wein, ein minderes Gesöff. Wir witzelten darüber, ob er besser als Abbeiz- oder Abführmittel geeignet sei. Große Töne. Peters Eltern waren verreist. Wir waren vom Bier und Wein alle ziemlich blau und stopften Chips mit Dip in uns rein, und dann setzten wir uns auf den Linoleumfußboden und spielten Flaschendrehen. Einmal bekam ich Margaret Handle – sie ist süß – und dann erwischte mich Leberlippe Davies, die Tochter des Leichenbestatters. Unfassbar, wie ein Mädchen so scheußlich schmeckende Lippen haben kann. So, als ob da

auch mit Zahnpasta nichts zu machen wäre. Trotzdem, das brachte die Party in Schwung.
Später, als alle zu »Love Potion Number Nine« tanzten, verdrückten sich die Ersten. Ich sah, wie Bev Bradley im Schlafzimmer gleich neben dem Wohnzimmer verschwand, und folgte ihr. Das Licht war aus, und ich hörte Gekicher und spürte, dass jemand im Bett war. Bev rief »Rutsch rüber!« und hüpfte rein, und ich hinterher. Brian, Dorthy, Peter und Gayle lagen schon drin, nahmen aber nicht viel Platz weg. Kaum war ich im Bett, drehte sich Bev um und wir begannen uns zu küssen. Einfach so! Wir konnten uns kaum rühren und es war heiß und wir schwitzten unter den Flanelllaken und Decken. Wir knutschten und fummelten und irgendwann nahm ich meinen Mut zusammen und fasste ihr an die rechte Brust und sie schob meine Hand nicht weg. Sie hatte einen großen Busen, das wusste ich bereits, denn ich hatte sie im Sportunterricht beobachtet. Das war auch der Grund, warum wir sie B. B. nannten. Sie dachte lange, das sei wegen ihrer Initialen, und war dann stocksauer, als sie dahinter kam. Auf jeden Fall war er weich. Ich betastete ihn durch die Bluse und diesen BH, den sie anhatte, Marke strapazierfähig. Nach einer Weile fing ich an, ihr die Bluse aufzuknöpfen, aber sie flüsterte »Nein« und das war das Ende der Fahnenstange. Wir knutschten eine Stunde lang, dann brauchten wir alle frische Luft und quetschten uns in die Küche, um noch etwas zu essen und Bier zu trinken. Die Party sorgte noch ungefähr zwei Jahre lang für Gesprächsstoff, und das Allerbeste daran war, dass Bev ein Jahr älter war als ich und

in die achte Klasse ging, und das war für mich was ganz Besonderes.

Dad fuhr mit unserem neuen Chevrolet-Halbtonner auf den Acker und wir hoppelten über die Furchen. Wir steuerten auf ein paar große Steine zu, die er auf der Sommerbrache ausgebuddelt hatte. Dad wird demnächst 42, glaube ich. Nicht mehr der Jüngste, aber er spielt häufig Baseball oder Football mit mir und manchmal kommt er auch zum Sumpf raus und spielt mit uns Eishockey. Nun rauchte er einen Zigarillo (in Rum getränkt, in Wein gedippt) und trug einen seiner HOP-X-Heuschreckenspray-Hüte. Neulich erst hatte ich bemerkt, dass er graue Strähnen bekam. Als Farmer hat man nicht gerade ein leichtes Leben.

Dad stoppte den Transporter neben einem Findling. Er steckte noch im Boden, nur die runde, weiße Kuppe schaute heraus wie das Ei eines Dinosauriers. Das wäre was! Wir stiegen aus und holten die Stemmeisen und Spaten hinten aus dem Wagen. Dad war schlank im Vergleich zu den meisten Farmern, die ich kannte und die vom Essen, das ihre Frauen zu Hause kochten, immer fetter wurden. Er rammte das Stemmeisen neben dem Findling in den Boden, hielt inne, nahm den Zigarillo aus dem Mund und spuckte einen Schleimklumpen in den Dreck. Ich sah zu, wie der grüne und braune Schaum in dem Krater schwamm, den der Klumpen in den Staub gefressen hatte, und dachte mir dabei, dass es ohne weiteres Leben auf dem Mars geben konnte. Dad sah mich an, irgendwie grimmig, wie ich fand. Anscheinend war er mit seiner Rede noch nicht fertig.

»Ich hoffe nur, dass du dich immer wie ein Gentleman benimmst, wenn du mit einem Mädchen ausgehst.«

Manchmal können Eltern so verdammt ernst sein. Als ob sie wüssten, dass man etwas Falsches oder Schlechtes tut, und ständig wollen sie einem Ratschläge geben. Ich wünschte, sie wären etwas lockerer und würden mich in Ruhe lassen.

Was mich angeht, so war ich zu sehr Gentleman. Ich hatte Angst, Anna-Maria könnte mich für einen Langweiler halten. Das Problem war, dass ich nur ein großer Farmerjunge war und nicht besonders gut aussah. Ich wollte lieber wie James Dean oder Elvis Presley sein – oder sogar wie einer von den Beatles. Wie jemand, der Eltern wirklich Sorgen machen konnte. Wenn ich es mir recht überlege, wollte ich, glaube ich, jemand sein, der wirklich gefährlich war.

Anna-Maria und ihre Familie haben uns häufig auf der Farm besucht und sie und Domenic und meine zwei Schwestern spielten abends Fangen oder Verstecken. Und als wir älter wurden, hingen wir in der Schule ständig zusammen, fuhren gemeinsam Schlittschuh in der Eishalle und solche Sachen. Mehr brauchten ein Mädchen und ein Junge in einer Kleinstadt wie Lashburg nicht zu tun und schon waren sie ein Paar. Und bei nur fünfhundert Einwohnern, Katzen und Hunde nicht mitgerechnet, hatte man sowieso keine große Auswahl.

Ich ging in die achte Klasse, als ich sie zum ersten Mal küsste. Wir gondelten abends im 61er-Chrysler von Lenny Roberts' Mutter durch die Gegend, ungefähr zwölf Kids, alle dicht zusammengepfercht, auf dem Rücksitz vier nebeneinander und jeweils zwei übereinander. Anna-Maria landete auf meinem Schoß, und es war so eng, dass sie sich zu mir hinunterbeugen musste, das Gesicht ganz nah an meinem, und, na ja, als wir dann durch die Elevator Road brausten und über die Bodenwelle fuhren, stieß Anna-Maria mit dem Kopf gegen das Dach.

»Au«, schrie sie und drückte sich irgendwie an meine Schulter. Ich legte ihr die Hand auf den Kopf und fühlte, ob sie eine Beule bekam. Sie drehte sich um und lächelte mich an und wir küssten uns. Die anderen waren so sehr eingeklemmt, dass sie es gar nicht mitbekamen, und so taten wir es gleich noch mal. Ganz sachte und sanft. Dann lehnte Anna-Maria ihren Kopf an meine Schulter. In dem Moment wussten wir beide, dass wir viel mehr als nur Freunde waren, und von da an hatte ich das Gefühl, dass wir keine Kinder mehr waren.

Wir kutschierten weiter herum und lachten und erzählten uns Witze und fuhren wieder an den Silos vorbei, ganz einfach, weil wir nichts Besseres zu tun hatten oder nicht wussten, wo wir sonst hätten hinfahren sollen. Wir sahen das Auto meines besten Freundes neben dem Silo der United Grain Growers stehen, vor dem Büro des Korneinkäufers. Und ich fand das komisch, weil Peter wahrscheinlich mit Gayle am Knutschen war und sich dafür das Silo ausgesucht hatte, in das sein Vater seinen Weizen brachte. War das Gewohnheit oder Mangel an Phantasie? Und wenn es Mangel an Phantasie war, so fragte ich mich, wie weit kam er bei Gayle? Mein Dad gehörte dem Saskatchewan Wheat Pool an, und so dachte ich mir, dass ich mit Anna-Maria irgendwann wohl dorthin fahren sollte. Ich lachte über meinen kleinen Scherz, aber er brachte mich dazu, über Dad und mich und die Farm nachzudenken. Wo würde ich eines Tages enden? Sicher nicht in Lashburg. Soviel stand fest.

Anna-Maria öffnete mir die Tür, als ich am Abend von Halloween bei ihr aufkreuzte. »Oh, Scheiße«, sagte sie lachend, was in meinen Augen eine merkwürdige Art war, einen Jungen bei seinem ersten Date zu begrüßen. Sie hatte einen verschlissenen sandfarbenen Morgenmantel an und überall auf dem Kopf dicke rosa Lockenwickler.

»Ich bin etwas spät dran.« Sie zuckte die Schultern und verdrehte die Augen, als wollte sie sagen: Du kennst mich doch. »Domenic sieht sich das Eishockeyspiel an, Dad ist in seiner Werkstatt und Mom ist in der Küche. Geh zu ihr.« Sie lachte erneut und rannte die Treppe hinauf. Ihr Lachen erinnerte mich an ein Glockenspiel.

Die ganze Nervosität, die ich vor diesem ersten offiziellen Date verspürt hatte, war mit einem Schlag verflogen. Ich hatte eher das Gefühl, meine sexy Lieblingskusine abzuholen oder so. Ich ging durch den Flur in die Küche, wo Theresa gerade am Herd stand und sich über einen riesigen Aluminiumtopf beugte, den größten Topf, den ich je gesehen habe. Viel fehlte nicht, und die Dampfwolken, die ihm entstiegen, hätten sich in Form eines Knoblauchregens entleert.

»Hi, Eric«, rief sie und umarmte mich ganz im Stil einer italienischen Mama, und ich gab ihr auf jede Wange einen Kuss, so wie es laut Theresa unter Italienern in Italien üblich war.

»Ich koche gerade eine Pasta-Soße. Vielleicht schicke ich deiner Mutter etwas davon.«

Ich nickte. »Klar, das wäre toll.« Neben Mom war Theresa die beste Köchin, die ich je gekannt habe. Wir konnten von Spaghetti nie genug bekommen, besonders mit scharfer und würziger Soße, wenn es draußen richtig kalt war und ein Schneesturm tobte. »Sieht nach einem Spaghettiabend aus«, sagten wir dann immer, und Mom ging in den Keller und holte eins von den Gläsern mit Pastasoße herauf, die sie gekocht hatte. Und dazu aßen wir selbst gebackenes ofenwarmes Brot, das wir mit Knoblauchbutter bestrichen.

»Hier, wie findest du sie?« Theresa tauchte einen großen Holzlöffel in die brodelnde Soße und hielt ihn mir hin. »Vorsicht, sie ist sehr heiß.«

Natürlich schmeckte sie herrlich. Theresa hatte bei mir einen Stein im Brett. Nicht nur wegen ihrer Kochkünste. Auch weil sie und ihre Familie Italiener waren, aus Europa, wo es Statuen und Häuser gibt, die tausend Jahre alt sind, und Kirchen mit Kunstwerken an der Decke.

Ich selbst war praktisch nie aus Saskatchewan herausgekommen; in den letzten Sommerferien war ich mit meiner Familie in British Columbia gewesen und einmal in Edmonton bei einem Footballspiel. Deshalb waren sie und Renaldo anders, irgendwie exotisch, im Sinne von *National Geographic*.

»Mom, mästest du den Kerl schon wieder?« Domenic kam um die Ecke aus dem Wohnzimmer. »Lass ihn doch in Frieden. Er geht tanzen. Er will jetzt nichts essen.« Er nickte mir zu, und wir verdrückten uns ins Wohnzimmer, um uns das Spiel anzusehen.

»Ich stelle dir etwas Soße an die Tür«, rief Theresa uns nach. »Du kannst sie später mitnehmen, wenn du Anna-Maria nach Hause bringst.«

Die Black Hawks spielten gegen die Red Wings. Das Spiel war langweilig, bis Delvecchio brutal gefoult wurde und eine Massenschlägerei entbrannte. Sie war noch in vollem Gang, als es von der Tür rief: »Okay, ich bin fertig.«

Anna-Maria stand dort, die Hände in die Hüften gestemmt. Mann! Sie sah aus wie auf einem Illustriertenfoto. Sie hatte sich die blonden Haare toupiert und trug ein schwarzes Band wie Annette Funicello in ihren Filmen, dazu einen schwarzen Pullover mit V-Ausschnitt, Jeans und schwarze Turnschuhe.

»Und?« Sie schnippte mit den Fingern, ließ ihre grünen Augen funkeln und zog zum Schein einen Flunsch. Ich verstand.

»Klasse.« Und ich meinte es ernst. Sie sah ... ja, sie sah schick aus. Wie eine Mischung aus Sophia Loren und Fassadenkletterer. Es machte mich stolz, aber gleichzeitig auch nervös. Ich konnte nur hoffen, dass ich keine Kuhscheiße an den Turnschuhen hatte.

»Gehen wir«, sagte ich mit einem letzten Blick auf den Bildschirm, wo sie gerade Handschuhe und Schläger vom Eis auflasen.

Unsere Highschool war ein verschachtelter hässlicher Kasten, dessen Äußeres nicht gerade zu höheren Bildungsanstrengungen beflügelte. Zwei Lehrer und unser Direktor standen an der Tür und passten auf, dass niemand Flaschen in die Halle schmuggelte. Sie versuchten, so nahe an uns heranzukommen, dass sie riechen konnten, ob wir Gin Lemon oder Kirschlikör getrunken hatten.

»Sieh dir den alten Pomaden-Bill an«, sagte Anna-Maria. Unser Direx, Bill Keen, war kahl wie eine Billardkugel und bekannt für seine zerknitterten Krawatten und die Suppenflecken auf seinen Hemden, bei denen immer die Knöpfe direkt über dem Gürtel fehlten, so dass man seine behaarte Wampe sehen konnte. Er klopfte ein paar Jungs ab, die Jacketts trugen.

»Mann, das kann er doch nicht machen«, sagte ich. »Der Typ braucht einen Durchsuchungsbefehl.«

»Hi, Mr. Keen.« Wir rauschten ohne größere Probleme vorbei. Ich drehte mich um und sah, wie er Anna-Maria beäugte. Auch er suchte nicht nach verborgenen Flaschen.

Die Turnhalle war mit orangefarbenen und schwarzen Papierschlangen dekoriert und an den Wänden hingen Hexen und schwarze Katzen.

Es war dunkel wie in einer Scheune, nur nicht auf der Bühne, wo ein Discjockey, umringt von Kürbislaternen, mit schiefem, grimmigem Grinsen Platten auflegte. Vor der Bühne tanzten schemenhafte Gestalten zu »I Can't Get No Satisfaction« von den Rolling Stones.

Anna-Maria schnappte meine Hand und zog mich fort. »Komm.« Wir stießen zu Peter und Gayle, Brian, Margaret und dem Rest der Clique. Es gefiel mir, dass sie gleich zu tanzen anfing, denn normalerweise brauchte ich eine ganze Weile, bis ich mich dazu aufraffte. Anna-Maria konnte gut tanzen. Aber Mädchen haben einfach den Bogen raus, glaube ich. Ich hatte mir nach der Schule *Dance Party* im Fernsehen angeschaut, aber ich hatte nie das Gefühl, dass ich wusste, was ich tat. Aber da jeder jeden beobachtete, tanzten wir am Ende sowieso alle ziemlich ähnlich.

Der DJ legte »My Girl« auf. »Toll, ein Stehblues.« Ich fasste Anna-Maria bei der Hand. Selbst im Dunkeln war sie schön. Vielleicht lag das auch daran, dass sie immerzu lachte. Sogar ihre Augen lachten.

»Mir ist gerade was eingefallen«, sagte ich, vorsichtig einen Fuß neben den anderen setzend, und wartete ab, ob sie neugierig wurde.

»Ja? Was denn?«

»Ich habe noch nie darüber nachgedacht, aber wie kommt es eigentlich, dass du blond bist? Ich dachte, alle Italiener haben schwarzes Haar.«

»Ach, glaubst du etwa, sie sind gefärbt?«, zog mich Anna-Maria auf.

»Nein, ich wollte es nur wissen, weiter nichts.«

»Wir stammen aus Norditalien, aus der Po-Ebene. Das ist ein Fluss. Dort sind viele Leute blond. Zwei von meinen Tanten haben sogar rotes Haar.«

»Ob da was im Wasser ist?«

Sie lachte.

»Oder die Wikinger sind weiter nach Süden gekommen, als wir bisher wussten.« Ich war Norweger, und mir gefiel die Vorstellung, das Blut plündernder Seefahrer in den Adern zu

haben, auch wenn wir nur Ackerbauern waren, die es Tausende von Meilen ins Landesinnere verschlagen hatte.
»Vielleicht bist du ja ein entfernter Cousin von mir.« Aus Anna-Marias Stimme klang Übermut.
»Dann aber ein Cousin, der seine Cousine küsst.« Darauf küsste ich sie auf die Wange, direkt vor dem rechten Ohr. Und direkt vor den Augen von Bruce Longstaff. Er war Englischlehrer und der Sherlock Holmes unserer Schule, Spitzname »der Esel«. Doch er lächelte nur sein einsames Lächeln. Ich schlang die Arme noch fester um Anna-Maria und sie schmiegte sich enger an mich. Die Wärme ihres Körpers, das Gefühl ihrer Wange an meiner, die Berührung ihrer Beine, die links und rechts an meinem rechten Bein rieben, dazu der Geruch von Parfüm, Spaghettisoße und Knoblauch – ich schwamm in einem See aus alledem.
»He, ihr zwei!«, rief Peter aus drei Meter Entfernung. »Das Lied ist aus, Leute.« Ich nahm das als gutes Zeichen. Das Date begann viel versprechend.
»Willst du ein Coke?« Irgendwie hatte ich Durst.
»Orangensaft.«
Wir gingen in den hinteren Teil der Halle, wo ein Tisch aufgebaut war. Unser Schülerrat verkaufte dort Getränke, um Geld für das Jahrbuch zusammenzubekommen. Hinter dem Tisch saß Leberlippe mit Tess, einer echten Streberin, die auch wie eine aussah: dicke Brille, mausgraue Schnittlauchlocken und ein kleiner schmaler Mund, der ihre vorstehenden Zähne nur mühsam verbarg. Richtige Reifenbeißer, wie die Jungs immer sagten.

Wir quatschten eine Weile mit ihnen. Tess hatte gelesen, dass die Beatles eventuell nach Toronto kommen würden und in den Maple Leaf Gardens ein Konzert geben.
»Oh, das wäre riesig!« Anna-Maria geriet sofort ins Schwärmen.
»Ich persönlich«, sagte ich, »würde lieber in die Gardens gehen, um mitzuerleben, wie die Canadiens die Leafs an die Wand spielen. Die Beatles wären aber eine gute Show in den Drittelpausen.«
Anna-Maria lachte. »Stell dir vor, wie sie auf der Eismaschine herumgondeln und ›Help!‹ singen.« Sie quietschte vor Vergnügen über ihren Scherz.
»Apropos *Help*...« Leberlippe hielt inne und beugte sich irgendwie verschwörerisch nach vorn.
»Ja, was ist?« Anna-Maria schnappte nach dem Köder wie ein hungriger junger Hecht.
»Habt ihr schon das von Dennis Funk und Ginny McIntyre gehört?«
»Nein, was denn?« Der DJ legte eine neue Platte auf: »The Birds and the Bees.«
Tess schaltete sich ein. »Man hat sie auf einem Feld östlich der Stadt dabei erwischt...« Sie ließ uns ein wenig zappeln. »...wie sie es miteinander getrieben haben!« Ihre Augen leuchteten auf wie bei der Weihnachtsbescherung.
»Machst du Witze?«, sagte ich. Die beiden waren alt und verheiratet – und zwar nicht miteinander. Dennis und Shirley waren mit meinen Eltern befreundet. Erst vor ein paar Wochen hatten sie uns noch auf der Farm besucht.

»Nein! Es ist wahr!« Tess genoss es sichtlich, dass sie mal etwas anderes wusste als die richtige Antwort in Mathe. Sie sah mich an. »Dein Cousin Ken hat sie entdeckt.«

Heilige Scheiße. Solche Sachen passieren in Lashburg nicht. In der Großstadt vielleicht, aber nicht hier. Was soll nun aus Shirley werden, und aus Boris, Ginnys Mann? Die Sache spricht sich todsicher wie ein Lauffeuer herum.

»Ken hat sie dabei überrascht, wie sie es auf dem Acker getrieben haben?« Ich musste mich noch mal vergewissern.

»In ihrem Auto, ja. Wie es scheint, ist der alte Dennis vor lauter Aufregung auf die Bremse gestiegen, und da hat natürlich das Bremslicht aufgeleuchtet.« Leberlippe kicherte. »Ken kam mit dem Wagen vorbei und dachte, da sei einer vom Weg abgekommen und brauche Hilfe.«

»Vom Weg abgekommen ist gut«, lachte Anna-Maria. Diesmal wieherten wir alle.

»Er hat mit der Taschenlampe hineingeleuchtet«, fuhr Leberlippe fort. »Er sagt, sie hätten wie zwei Dachse ausgesehen, die man in der Scheune in die Enge getrieben hat.«

Mir wurde übel. Wie damals, als Sigurd Christiansen mit dem Bein in die Zapfwelle seines Traktors geraten war und fast krepiert wäre. Ihr Leben war ruiniert, soviel stand fest. Sie hatten Kinder, die noch zur Schule gingen. Sie würden von hier fortziehen müssen. Und wir standen hier, lachten und rissen Witze darüber.

»Komm«, sagte ich zu Anna-Maria. »Verschwinden wir von hier.« Ich packte sie an der Hand und wollte zur Tür, doch sie hielt mich zurück.

»Nein, warte«, sagte sie. »Noch einen Tanz.« Sie schenkte mir ein unangenehmes Lächeln. »Bitte.« Sie legte den Kopf auf die Seite, als wollte sie mir damit einen großen Gefallen tun.
Ian und Sylvia sangen »You Were On My Mind«. Doch ich konnte nur an die zwei Leute denken, die so alt waren wie meine Eltern und unter freiem Himmel vögelten. Auf einem Acker. Herrgott noch mal! Wieso trieben sie es heimlich miteinander? Waren sie unglücklich? Waren sie verliebt? Waren sie einfach nur geil? Was hatten sie sich bloß dabei gedacht?
»He«, rief Anna-Maria, »du zerquetschst mir ja die Hand!«
Ich war wütend auf die beiden. Ich war nervös. Mit einem Mal kamen mir die Hexen und Katzen an den Wänden der Turnhalle albern vor. Die grinsenden Gesichter der Kürbislaternen hatten sich in glühende, fiese Fratzen verwandelt. Tanzen erschien mir doof und witzlos. Die ganze Sache hatte etwas Mysteriöses von großer Tragweite, aber sie ging über meinen Verstand. Und sie jagte mir eine Höllenangst ein.
»Ich gäbe was dafür, wenn ich wüsste, was du denkst.« Anna-Maria hatte sich zurückgelehnt und sah mich an.
Ich lachte. Ich wollte wirklich irgendwo hingehen und reden und Anna-Maria im Arm halten. Das Lied war zu Ende.
»Tanzen kann ich nicht, aber Pause machen«, sagte ich und rang mir wieder ein Lachen ab. »Komm, wir machen eine Spritztour.«
Wir stiegen in meinen 58er-Ford und fuhren auf der Hauptstraße in Richtung Bahnhof. Kein Mensch war auf der Straße. Nur die Rücklichter eines einsamen Autos und die Staubwolke, die es aufwirbelte. Wir kamen am Lebensmittelgeschäft

Red & White vorbei, an Deans BA-Tankstelle, Milts Billardhalle, der Canadian Imperial Bank of Commerce mit ihren goldenen Lettern, der Lashburg Credit Union – ein niedriger Backsteinbau –, Renaldos Eisenwarenhandlung mit ihrer Blechverkleidung, Hanks Krämerladen, dem chinesischen Café, das seit einem Jahr dicht war, ein paar Häuschen aus Großmutters Zeiten, und das war es auch schon. Viele Häuser hatten falsche Fassaden wie in den Westernfilmen. Mir war nie aufgefallen, wie alt, schäbig und mickrig sie aussahen. Die Supremes sangen »Stop! In The Name of Love«, als wir eine Runde in der Stadt drehten und dann zum Bahnübergang bei den Silos fuhren.

»Hast du Lust, auf den Gleisen zu spazieren?«, fragte ich und hielt am Übergang an.

»Klar, hab ich noch nie gemacht.«

»Noch nie? Wieso das?« Insgeheim war ich froh.

»Zu viel Angst, nehme ich an. Was ist, wenn ein Zug kommt?«

»Zurzeit nicht sehr wahrscheinlich. Außerdem würdest du ihn hier draußen hören.«

Wir stiegen aus und gingen zu den Bohlen, die auf dem Übergang zwischen den Gleisen lagen. Ein kalter Nordwind fegte über die Stoppelfelder. Es hatte bereits einmal geschneit, aber das bisschen Schnee war nur einen Tag liegen geblieben. Doch der Winter stand vor der Tür. Pechschwarze Wolken zogen am Himmel entlang und verdeckten die Sterne und den Halbmond. Ich machte die Druckknöpfe meiner Hockey-Jacke zu. »Ist dir auch warm genug?«

»Ja.« Sie lehnte sich an mich und zog die Schultern hoch. Sie trug ihre Highschool-Jacke und darunter einen handgestrickten Pullover der Cowichan-Indianer. Mir war aufgefallen, dass Mädchen eigentlich immer froren. Aber Anna-Maria tat wenigstens so, als ob sie nicht frieren würde. Dafür bekam sie von mir die Höchstnote.

Wir machten kehrt und gingen auf den Schwellen entlang. Die Kammqueckenhalme, die neben dem Schotterbett wuchsen, waren trocken und spröde. Die Schwellen waren schwarz von Kreosot, und der Geruch erinnerte mich an Indianer, die oben im Norden von Brücken aus angelten. Die Gleise waren silberne Streifen in der Dunkelheit.

»Ist doch toll, wenn man sich das mal überlegt, findest du nicht? Unser Weizen wird auf diesen Gleisen durch die Rockies bis nach Vancouver transportiert. Und nach Osten bis Thunder Bay oder Churchill.«

»Warum hast du dich so aufgeregt, als sie uns das von Dennis und Ginny erzählt haben?«

Anna-Marias Frage überraschte mich. Ich wandte mich um und sah sie an. Sie wartete gespannt, und ihre Augen sahen mich fest an. Eine Wärme durchströmte mich wie bei einer Tasse heißer Schokolade nach einem Spiel. Anna-Maria interessierte sich dafür, was ich dachte. Sie spürte, dass etwas nicht stimmte.

»Deine Eltern wollen sich doch nicht trennen, oder?«

»Nein«, lachte ich, ein wenig schnell. »Glaube ich jedenfalls.« Ich machte eine Pause. »Sie halten immer noch Händchen und machen sonntags nachmittags ein Nickerchen.«

Anna-Maria lachte.

»Und deine?«
»Sind ganz okay, glaube ich.« Trotz der Dunkelheit konnte ich sehen, dass Anna-Maria den Mund verzog, wie sonst immer, wenn sie unregelmäßige französische Verben konjugierte. »Sie sind so verschieden. Manchmal frage ich mich, wieso sie überhaupt geheiratet haben. Aber ich glaube, sie lieben sich – auf ihre Art.«
Wir gingen langsam und ich hatte den Arm um Anna-Maria gelegt. Sie schmiegte sich an mich. Wir machten kurze Schritte von Schwelle zu Schwelle.
»Mom und Dad haben sich neulich heftig gestritten. Ich weiß nicht, worum es ging. Vielleicht um Geld.« Ich zögerte einen Augenblick, dann sagte ich: »Ich habe das Verteilerkabel am Wagen herausgezogen, damit er nicht wegfahren konnte, was er sonst immer tut.«
Anna-Maria blickte überrascht auf. Dann lachte sie. »Ja, meine streiten sich auch wegen Geld. Und anderem Schwachsinn. Mom wirft gern mit Gegenständen. Sie müssen einfach Dampf ablassen.«
Ich dachte an die Hochzeitsfotos meiner Eltern. Sie hatten so jung und glücklich ausgesehen. »Ich weiß auch nicht. Die Leute verlieben sich, heiraten, kriegen Kinder – und dann müssen sie hart arbeiten, werden alt und…« Ich hielt inne. »Wie es scheint, werden Eltern einfach gesetzt. Was wird aus der Liebe?«
Anna-Maria blieb stehen. »Dennis und Ginny sind jedenfalls nicht gesetzt, oder?« Sie wandte sich mir zu. »Ich frage mich, was mal aus uns wird, du nicht auch?«

Ich werde nie vergessen, wie sie mich ansah, als sie zitternd in der Dunkelheit und Kälte stand, mit windzerzaustem Haar, das Gesicht so ernst und so schön. Noch nie in meinem Leben war mir so warm ums Herz gewesen. Und dann wollte ich sie nur noch in die Arme schließen, sie an mich drücken, bis ihr warm wurde, bis sie sich geborgen, beschützt und geliebt fühlte. Ich fasste ihr unters Kinn, hob es und küsste sie. Ein langer, sanfter, zärtlicher Kuss, der ihr von all den seltsamen und starken Gefühlen erzählen sollte, die in mir waren. Ein Kuss wie nie zuvor.
»Mmm«, seufzte sie und lächelte süß. »Ich glaube, wir werden viel Spaß dabei haben, es herauszufinden.« Und dann drehte sich Anna-Maria um, trat auf eine Schiene, reichte mir die Hand und lachte, wie ein Windspiel. Ich trat auf die andere, und wir gingen Hand in Hand, jeder auf seiner Schiene balancierend, weiter. Wir gingen nach Westen, weg von den verstreuten Lichtern der kleinen Stadt, und den Bergen und dem dahinter liegenden Meer entgegen.

Das Spiel

LASHBURG TIGERS			
		STURM	
	Linksaußen	*Mittelstürmer*	*Rechtsaußen*
1	Murray 17	Bryan 11	Eric 9
2	Mark 12	Roddy 27	Cam 19
3	Dana 18	Allan 15	Mike 14
		VERTEIDIGUNG	
1	Daryl 6	Tony 3	
2	Dennis 7	Peter 5	
3	Trevor 2	Jim 4	
		TORHÜTER	
		Gerry 1	

Die Kälte drang durch meine Kleidung, bohrte sich mit stählernen Klingen durch die Reißverschlüsse und kroch in meinen Kragen. Der Himmel war ein knalliges Blau, ohne die kleinste Wolke. Der Schnee glitzerte so grell, dass mir die Augen wehtaten. Ich scheuchte einen Schneehasen auf. Er rannte davon, Weiß, das in Weiß verschwand. Ich hatte es im Haus nicht mehr ausgehalten. Ich marschierte zur Tree Patch Corner, einem Baumkarree eine Meile südlich der Farm, das mein Großvater in der Hoffnung gepflanzt hatte, dass eines Tages ein Sohn dort leben würde. Mein Mund blies Dampfwolken in die Luft wie ein Pferd vor dem Rennen. Ich schlug die Lederhandschuhe gegeneinander. Nicht um mich warm zu halten. Heute Abend war das große Spiel. Ich bereitete mich darauf vor.

»Und auf dem rechten Flügel, mit der Nummer neun …«
Die Menge brüllte meinen Namen, als ich das Eis betrat, die Beine wie zwei Spiralfedern. Die Stimmen von eintausend Farmern johlten und erfüllten die Lashburger Eishalle mit fröhlichem Lärm.
Ein Spieler nach dem anderen lief durch das Spalier der Lions-Club-Blaskapelle, vorbei an hupenden Tuben, schmetternden Trompeten und Bierbäuchen, über die sich weiße Hemden spannten. Ein Blitzlichtgewitter entlud sich. Kuhglocken schepperten in der Menge. Trevers, Bryan, Daryl und der Rest der Lashburg Tigers nahmen an unserer blauen Linie Aufstellung. Wir schlugen uns gegenseitig an die Beinschützer und klopften uns auf die Helme. »Los, Jungs! Denen zeigen wir's!«
Es war das Meisterschaftsspiel gegen die Rousseau Rockets, das letzte und entscheidende der Finalserie »Best of Three«. Der Sieger wurde Jugendmeister der gesamten Provinz. Ich sah mich um. Jeder, den ich kannte, war hier, und ein paar hundert mehr, die ich noch nie gesehen hatte. Toll.
Die Stimme des Ansagers quäkte aus den Lautsprechern. Die Kapelle trötete eine Tiefkühlversion der Nationalhymne. Ich

klemmte die Knie zusammen und versuchte, mich auf das bevorstehende Spiel zu konzentrieren. Rousseau hatte uns im ersten Match vor einer Woche geschlagen. Drei Tage später hatten wir in der Nachspielzeit durch einen abgefälschten Schuss von der blauen Linie gewonnen. Wir hatten Glück gehabt.

An der anderen blauen Linie standen die Rousseau-Jungs, aufgereiht wie Krähen auf einem morschen Baum. Sie waren fast alle größer als wir. Und schneller. Und ehrlich gesagt, auch besser als wir. Aber wir hatten mit Herz gespielt. Ich blickte rüber zu Tilt McCann, unserem Trainer. Wie üblich, hatte er einen oder zwei gebechert und schwankte bedenklich. In der Kabine hatte er gesagt, heute werde das Team mit dem größeren Siegeswillen gewinnen. Mit seiner in Three Feathers Whisky getränkten Bemerkung hatte er nur Öl in mein Feuer gegossen. Keiner wollte den Sieg mehr als ich.

Die Nationalhymne verklang, und die Zuschauer machten einen Mordslärm, als wollten sie das Dach einer Belastungsprobe unterziehen. Sie hätten es besser wissen müssen. Ein Großteil von ihnen hatte es eigenhändig errichtet. Die Farmer in unserer eishockeyverrückten Stadt hatten dafür gesorgt, dass das Spielfeld in der neuen Halle zweieinhalb Zentimeter länger war als das Eis in Maple Leaf Gardens. Es ist erstaunlich, um wie viel größer wir uns wegen der paar Zentimeter fühlten. Unser Parlamentsabgeordneter schritt zum Anspielkreis. Er trug einen glänzenden Anzug mit Weste und das seitlich gekämmte schwarze Haare klebte auf seiner

Halbglatze wie Seetang an einem Felsen. Er nahm den feierlichen Puckeinwurf vor. Wieder johlte die Menge. Die Kapelle marschierte vom Eis. Der Schiedsrichter gab den beiden Torrichtern ein Zeichen, dann stieß er in seine Pfeife. Es konnte losgehen.

Ich nahm auf dem rechten Flügel Aufstellung. Murry links, Bryan in der Mitte, mein Cousin Daryl mit Tony in der Verteidigung. Gerry fegte in seinem Torraum hin und her wie eine Katze im Käfig. Der Linksaußen von Rousseau, mir gegenüber hinter der Mittellinie, fletschte die Zähne. In seinem Gesicht war eine Pickelversammlung in vollem Gang.

Tilt hatte in der Kabine noch etwas anderes gesagt. Heute Abend sei ein Talentspäher in der Halle. Aus der NHL. Er suche Spieler für die Junior-B-Teams. Ich war wie elektrisiert, als hätte ich an einen Elektrozaun gefasst. Das konnte eine Einladung zu den Saskatoon Blades bedeuten, zu den Regina Pats, und dann ein Farmteam in einer der unteren Ligen und schließlich – die NHL. Die *Hockey Night in Canada.* Interviews mit Ward Cornell in den Drittelpausen, schweißnass. »Also, ich möchte alle Leute zu Hause in Lashburg grüßen.«

Der Schiedsrichter warf den Puck ein.

Das Spiel kam mir schon alt vor, als ich noch klein war. Ich weiß noch, wie Onkel George es aus einem verbeulten Karton zog, dessen Laschen so ausgefranst waren wie die Ohren eines streunenden Hundes. Es hatte glänzende rote Seitenwände aus Kunststoff und eine lackierte Sperrholzdecke, die sich in der Mitte, wo der Anspielkreis war, leicht nach oben wölbte und zu den beiden Toren hin abfiel. Die Spieler waren einfache Holzstifte, rot oder grün, wie Wäscheklammern, mit gekrümmten Eishockeyschlägern aus Draht. Und wenn man an dem hinten angebrachten Metallring zog, bewegten sich gleichzeitig alle Spieler. Auch der Keeper sah aus wie eine Wäscheklammer und hütete ein Drahtgehäuse mit einem gehäkelten Tornetz. Eine rostfreie Stahlkugel diente als Puck.

Wir spielten damit an Weihnachten und Neujahr, wenn die Familie von Dad zu Besuch kam. Die Frauen trugen ihre neuen roten Kleider und standen mit großen Schürzen in der heißen, dampfenden Küche, in der es nach Truthahn, Kartoffelbrei und Parfüm roch. Die Männer standen oder saßen in engen Anzügen und mit zu eng gebundenen Schlipsen im Wohnzimmer und kratzten beim Reden die Etiketten von den Flaschen, aus denen sie Red Cap Ale oder Pilsner Lager tranken. Einige drehten Zigaretten, griffen in glänzende Dosen und verteilten Tabak auf hauchdünne Papierchen. Gedreht wurde mit einer Hand, dann ein Lecken, ein letztes Rollen und das Aufschnappen eines Feuerzeugs. Später, wenn die Asche zu lang wurde, schnippten sie sie in Hosenaufschläge oder leere Bierflaschen.

Auch meine Großeltern waren da und saßen mit alten Freunden auf dem Sofa, bewunderten jede neue Puppe, jede neue Spielzeugpistole und jeden neuen Pullover, die ihre Enkel vorführten. Aber ich wollte immer nur mit dem Eishockeyspiel spielen. Gegen Dad, meine Cousins oder Onkel

George mit seinen großen Farmerwurstfingern und seinem Buster-Keaton-Gesicht. Ich brachte die Stahlkugel mit der Abschussvorrichtung ins Spiel. Ich zog an dem Ring, und meine Spieler drehten sich, passten und schossen, bis ich eine Blase am Finger bekam und bis die Blase aufging, und auch danach spielte ich noch weiter, bis das Heftpflaster durchgescheuert und der Vorrat an erwachsenen Gegnern erschöpft war.

Rousseau gewann das Bully. Der Puck wurde in die Verteidigung zurückgespielt, dann hinüber auf den rechten Flügel. Drei von ihnen stürmten über unsere blaue Linie, ein Rückpass zu einem Verteidiger, ein Schuss. Die Scheibe traf Daryl und tropfte vor ihm herunter. Er schaute auf und sah Bryan über unsere blaue Linie ins Mittelfeld sprinten. Daryls Pass schwebte einen halben Meter über dem Eis. Doch der Verteidiger von Rousseau hatte aufgepasst. Er pflückte den Puck mit der Hand aus der Luft, ließ ihn fallen, rannte los und holte zu einem Schlagschuss aus. Die Scheibe prallte an Tonys Schlittschuh ab und flog an Gerry vorbei ins Tor. Es hatte zweiunddreißig Sekunden gedauert. Die Stille fiel wie eine Axt. Tilt brüllte.
»Was zum Teufel ist los mit euch, Jungs? Runter vom Eis.« Der zweite Block sprang über die Bande. Wir setzten uns beschämt, schielten zur Anzeigetafel und sahen entsetzt, wie unter »Gäste« eine Eins aufleuchtete. »Die Außen müssen ihren Gegenspieler an der blauen Linie abfangen. Ihr lasst sie einfach so in unser Drittel spazieren und ladet sie förmlich

zum Torschuss ein. Herrgott noch mal!« Whiskeydämpfe stiegen auf.
Der zweite Block machte es besser. Er nagelte Rousseau im eigenen Drittel fest, solange er auf dem Eis war. Die Zuschauer wachten wieder auf und lärmten mit Kuhglocken, Tambourins und Trompeten. Es gab Bully im Mittelkreis und unsere dritte Reihe hüpfte über die Bande. Doch Rousseau eroberte den Puck und drosch ihn in unsere Verteidigungszone. Peter jagte hinterher in die Ecke, der Linksaußen von Rousseau stocherte mit dem Stock zwischen seinen Füßen. Peter kam zu Fall. Eintausend Schiedsrichter forderten eine Zwei-Minuten-Strafe. Doch die Hand des Schiedsrichters blieb unten. Rousseau feuerte die Scheibe in den freien Raum vor unserem Tor, wo ihr großer Mittelstürmer lauerte. Er nahm ihn direkt und schlenzte ihn über Gerrys Schulter hinweg in die rechte obere Ecke. Die rote Lampe leuchtete auf. Zwei zu null. Und erst fünf Minuten im ersten Drittel gespielt. Das hatten wir uns ganz anders vorgestellt.

»Das ist für dich, mein Sohn.« Dad war soeben aus der Stadt zurückgekehrt und stellte ein Paket auf den Tisch. Es war in braunes Papier einpackt und hatte ein Etikett von Eaton's.
»Nur zu«, sagte Mom. Ich riss es auf. Eine Schachtel kam zum Vorschein, mit einem Bild auf dem Deckel, rot und blau. Ein Eishockeyspieler in vollem Lauf. Er hatte das ganze Gewicht auf das vordere Bein verlagert und holte gerade mit dem Schläger aus, vielleicht um aufs Tor zu schießen. Ich öffnete die Schachtel langsam, kostete die Vorfreude aus, die das

Bild geweckt hatte. Der scharfe Geruch von neuem Leder. Ein Nest aus weißem Papier. Glänzendes Leder, schwarz und braun. Glitzernde Kufen. Ich fuhr mit dem Daumen über die Kanten. Sie waren scharf. Ich entrollte die glänzenden gelben Schnürsenkel, die dick mit Wachs eingeschmiert waren, und fädelte sie auf die Schlittschuhe auf.
»Danke«, sagte ich, kaum fähig, den Blick zu heben.
Schnee gab es noch nicht. Aber vor unserer Eingangstreppe war eine größere Pfütze, die zugefroren, aufgetaut und dann wieder zugefroren war. Mom und Dad gingen in ein anderes Zimmer. Ich ging nach draußen, setzte mich auf die Stufen und zog meine neuen Schlittschuhe an. Sie passten wie angegossen. Ich schlang die langen Schnürsenkel zweimal um meine Knöchel. Ich drehte Runde um Runde auf der winzigen Eisbahn. Die Haustür ging auf. Mom und Dad traten heraus und lachten. Sie hatten sich gewundert, wo ich abgeblieben war. Ich war nur draußen und spielte den Typ auf der Schachtel.

Eine Hand auf meinem Schulterschutz. Tilt beugte sich herunter. »Ich zähle auf dich«, sagte er. »Jetzt aufs Eis mit dir.« Ich drehte mich überrascht um. Es war das erste Mal, dass Tilt mich gelobt, mir eine Aufgabe gegeben hatte. Ich sprang über die Bande. Das Bully fand in unserem Drittel statt. Der Puck landete in unserer Abwehr bei Peter. Er umkurvte das Tor, suchte nach einer Anspielstation, aber Murray, unser Linksaußen, war gedeckt. Zwei Gegenspieler griffen Peter an und drückten ihn gegen die Bande. Die Scheibe glitt übers Eis. Ich raste rüber und schnappte sie mir hinter dem Tor, stoppte, machte kehrt und stürmte auf der rechten Seite in Richtung unserer blauen Linie. Ein schneller Pass in die Mitte zu Bryan. Und er zurück zu mir. Ich überquerte ihre blaue Linie. Der linke Verteidiger griff mich an. Ich täuschte links an, und er fiel drauf rein. Ich sprintete rechts an ihm vorbei und deckte den Puck mit der Kelle ab, so dass er nicht herankam. Der zweite Verteidiger von Rousseau versperrte mir den Weg, als ich versuchte, vors Tor zu ziehen. Bryan war gestürzt und Murray konnte ich nirgends sehen. Ich sprang über den Stock des zweiten Verteidigers und schob ihm die Scheibe zwischen den Beinen durch. Ich kurvte um ihn herum und angelte mir die Scheibe wieder. Der Keeper stürzte aus dem Tor und warf sich aufs Eis, um einen Rückhandschuss abzuwehren. Eine Wand aus Leder. Ich machte noch einen Schritt, verzögerte und hob die Scheibe über den Torwart. Boing! Sie knallte an die Querlatte und flog übers Tor. Die rote Lampe flackerte, blieb aber aus. Der Schiedsrichter streckte die Arme zur Seite, die Handflächen nach unten. Kein Tor. Die Menge buhte. Doch das machte nichts. Ich hatte etwas getan, was ich noch nie getan hatte. Und ich wusste noch etwas – ich würde es wieder tun. Ich fragte mich, wo Mom und Dad waren. Der Talentspäher war vergessen.

Unsere alte Prärie-Eisbahn war eine schummrige Halle gewesen, in der es immer gut gerochen hatte. Die Balken hatten mit den Jahren die Farbe von Tee angenommen, die Eishockeybande war schwarz von einer Million Schüssen. Die Kufen mehrerer Generationen hatten den Holzfußboden im Warteraum abgehobelt. Zwei mit Schlittschuhkerben übersäte Holzbänke säumten die Wände, eine dritte stand in der Mitte. Außerdem gab es einen bauchigen Kohleofen mit einem Eisenring drum herum, an dem man Handschuhe zum Trocknen aufhängen konnte. Und immer roch es nach angesengter Wolle, Holzrauch und Kohle. Das Eishockeyfeld und die Curlingbahn lagen nebeneinander, mit einem Verbindungsgang dazwischen und einer Sitzbank, von der aus man auf beiden Seiten zuschauen konnte. Mom und Dad spielten unter der Woche abends häufig Curling bei den regelmäßigen Turnieren. Ich ging zum Schlittschuhlaufen hin. Wir spielten Fangen und »crack the whip« zu zerkratzten Schallplatten von »The Skaters' Waltz« und »Chattenooga Choochoo«.

Der alte Mr. Wilkie, unser Hallenwart, machte immer ein Gesicht wie zehn Tage Regenwetter. Doch nach dem Schlittschuhlaufen halfen ihm jedes Mal ein paar von uns, mit schweren Schneeschippen das Eis zu reinigen. Wir beförderten den Schnee ans Ende der Eisfläche, und Mr. Wilkie, der immer einen löchrigen Strickpullover und Pudelmütze trug, schaufelte ihn durch eine kleine Holztür ins Freie. Danach schaltete er die Beleuchtung aus, sperrte ab und ging nach Hause. Auch die Kids aus der Stadt gingen nach Hause und so hatte ich das Eis ganz für mich allein. Mein Eishockeyschläger und mein Puck lagen in einem Versteck bereit.

Von der Curlingbahn drang Licht herüber und die Balken warfen Schatten aufs Eis. Ich lief vom Hellen ins Dunkle, vom Dunkeln ins Helle. Meine Kufen blitzten wie Bajonette und bei jedem Schritt spritzte Schnee in hohem Bogen zur Seite. Das Knirschen von Stahl, der in Eis schnitt, das dumpfe Geräusch von Gummi, das gegen Holz prallte, das Schnaufen wie von einer Lokomotive in der kalten klaren Luft, das Donnern einer »Granate«, das in der Dunkelheit widerhallte. Ich erhielt ein Zuspiel von Doug Harvey, trickste irgendeinen Maple Leaf aus und spielte einen brillanten Pass zu Rocket Richard. Schuss und Tor! Wir sonnten uns im Jubel des Montreal Forums. Danny Gallivan sprach von einem »glänzenden Spielzug«. Und nur eine einsame Eisbahnratte in ihrem herrlichen Palast und das hübsche McDonald-Zigaretten-Mädchen auf der Anzeigetafel hatten zugesehen.

Unser kompletter Block saß auf der Bank. »Leute«, keuchte Bryan, noch ganz außer Atem von unserem letzten Einsatz, »ich glaube, die Nummer 10, der lange Verteidiger, ist verletzt. Er ist langsam wie eine Schnecke. Wenn wir schnell kombinieren, können wir ihn ausspielen.«
Bryan war einer von Dads Lieblingsspielern. »Keiner arbeitet für das Team so wie er«, sagte er einmal. Und meinte damit, im Gegensatz zu mir.
»Wir müssen zuerst in die Ecken kommen«, fügte Murray hinzu und sah Bryan an. »Weißt du noch, was wir im Training geübt haben? Wir spielen dich hinter dem Tor an, dann läuft

der andere Außenstürmer in den freien Raum vor dem Tor und wartet auf deinen Pass.«

Ich nickte nur. Ich fühlte mich seltsam, wie in einem Film. Alles war real, und doch auch wieder nicht. Wir waren wie aufgedreht und doch lief alles wie in Zeitlupe ab. Irgendwie war ich mir ganz sicher, dass wir gewinnen würden, obwohl wir zurücklagen. Ich fühlte etwas, das ich nie zuvor in meinem Leben gefühlt hatte. Ich fühlte mich stark. Es war seltsam.

Tilt fluchte. »Himmeldonnerwetter noch mal!« Wir schauten auf. Der Schiedsrichter hatte eine Zeitstrafe gegen uns verhängt. Zwei Minuten lang bombardierte uns Rousseau mit Gummi. Aber wir hielten stand. Dann war wieder unser Block an der Reihe. Bryan nahm dem Mittelstürmer von Rousseau den Puck ab und drosch ihn in ihre Ecke. Er sah zu mir herüber. Ich wusste, was ich zu tun hatte. Ich jagte hinterher.

Der Verteidiger von Rousseau hörte mich kommen und machte sich auf einen Bodycheck gefasst, doch ich tat ihm den Gefallen nicht, schlug stattdessen gegen seine Schlittschuhe, bis die Scheibe frei war, und beförderte sie hinters Tor. Bryan wartete dort bereits. Er machte einen Schritt nach links, bremste plötzlich ab, lief nach rechts und schlenzte den Puck vors Tor. Ein perfektes Zuspiel, direkt auf Murrays Schläger. Er zog sofort aus dem Handgelenk ab. Die Scheibe flutschte dem Keeper zwischen den Beinschonern durch. Die rote Lampe löste einen Jubelsturm aus. Murray wurde fast erdrückt. In die Höhe gereckte Stöcke, strahlende Gesichter. Endlich hatten sich die Lashburg Tigers auf der Anzeigetafel eingetragen. Na also.

Wir nannten ihn Georges Sumpf. Den großen Teich neben der Straße, die zur Farm von Onkel George und Tante Margie führte. Er war voller Hechtkraut und Rohrkolben. Außerdem gab es dort viele Enten, und Amseln sangen in den knorrigen Weiden, die aus dem Steinhaufen an einem Ende wuchsen. Im Frühjahr fuhren wir dort Floß und fingen Frösche. Im Winter spielten wird Eishockey. Samstags, wenn wir am Morgen in der Stadt ein Spiel gehabt hatten, rief ich meine Cousins Jim und Barry an, die auf der Nachbarfarm wohnten. Und dann gingen wir auf der Landstraße zum Teich, um Hockey zu spielen. Zuerst mussten wir das Eis räumen. Wir hatten uns aus Sperrholz Schneeschippen gezimmert und unten ein langes, schmales Stück Eisen festgeschraubt. War der Schnee zu tief oder zu verharscht, mussten wir zuerst Weizenschaufeln benutzen. Wir waren schweißgebadet von der Schufterei, ehe wir die Schlittschuhe anziehen konnten. Es war nie warm, manchmal hatten wir zwanzig oder dreißig Grad unter null. Und wenn wir das Eis geräumt hatten, waren unsere Schlittschuhe so gefroren, dass wir brennende Streichhölzer hineinhalten mussten. Wir brauchten drei oder vier, bis die Kappen warm genug waren. Wir spielten stundenlang, kommentierten unsere eigenen Spielzüge und schlüpften bei jedem Angriff in die Rolle eines anderen Spielers.

»Und da taucht Bobby Hull, der Goldene Jet, hinter seinem

Tor auf. Mit wehenden blonden Haaren fliegt er übers Eis. Ein Schlagschuss … Ohhh! Terry Sawchuk, das Narbengesicht, rettet mit einer unglaublichen Parade! Und das Publikum tobt …«

Wir benutzten unsere Stiefel oder Schneeklumpen als Tore. Und als in der Stadt das neue Eisstadion gebaut wurde, bekam ich die alten Tore. Die Netze waren kaputt und so besorgte ich Hühnerdraht und band ihn mit Schnur ans Gehäuse. Wir fühlten uns als etwas ganz Besonderes, weil wir richtige Eishockeytore in der vorgeschriebenen Größe hatten. Oft bohrte sich der Puck in eine Schneewehe und wir mussten eine halbe Stunde lang mit Stöcken und Schaufeln nach ihm buddeln. Manchmal kam auch Dad zu uns raus und spielte mit, und ich weiß noch, wie sich einmal sogar George die Schlittschuhe schnürte. George und Babe, ein anderer Onkel von mir, haben in den dreißiger Jahren als Halbprofis in den Staaten Eishockey gespielt. Dad sagte, dass sie für ein Spiel am Neujahrstag 1933 in Los Angeles fünfzig Cents bekommen hatten.

Margie winkte uns häufig vom Küchenfenster aus zu und George lud uns zu einem Teller Suppe und Sandwiches ein. Und zu Bergen von Keksen, versteht sich. Die beiden hatten keine eigenen Kinder. Nachdem wir eine Weile ihren alten schwarzen Collie Major gestreichelt hatten, gingen wir zurück und spielten noch bis lange nach Einbruch der Dunkelheit, und erst wenn wir überhaupt nichts mehr sehen konnten, schlüpften wir in unsere kalten Stiefel, schulterten Schlittschuhe und Stöcke und machten uns patschnass auf den Heimweg, redeten über Eishockey und freuten uns auf das Spiel am Abend im Fernsehen.

Unsere Hoffnungen währten nicht lange. Zwei Minuten vor dem Ende des ersten Drittels gelang dem Linksaußen von Rousseau, dem Zähnefletscher, ein schneller Gegenstoß. Er ließ Gerry alt aussehen. Mit einem 1 : 3-Rückstand gingen wir in die Kabine.

Ein paar Väter kamen herein. Sie blieben vor ihren Söhnen stehen und gaben ihnen den einen oder anderen Tipp. Ein großer Stiefel stieß gegen meinen Beinschoner. Ich hob den Kopf. Es war Dad. »Ihr müsst mehr kombinieren«, sagte er, »wie bei dem einen Tor.« Ich merkte, dass er nicht zufrieden war.

Die Tür ging auf, und Tilt torkelte in die Kabine, das Gesicht so rot wie unsere. Der Flachmann, den er im Mantel trug, verriet uns, dass er auf dem Klo eine Erfrischung zu sich genommen hatte. »Gentlemen«, sagte er zu den Vätern, »ich brauche ein paar Minuten mit meinen Jungs.« Er wartete, bis sie hintereinander hinausmarschiert waren. In der Kabine wurde es ganz still. Tilt blinzelte angestrengt, um seine Gedanken zu ordnen, vielleicht auch, um wieder einen klaren Blick zu bekommen.

»Die Nerven«, sagte er mit überraschend ruhiger Stimme. »Ihr wart nur nervös, Jungs.« Er stand in der Mitte, umringt von Spielern mit verklebten Haaren, denen der Schweiß in die Augen lief und am Hals hinunterrann. »Jetzt, wo ihr die Nervosität abgelegt habt, könnt ihr rausgehen und wieder zu eurem Spiel finden.« Er hielt inne und blickte in die Runde. »Oder soll die harte Arbeit eines Jahres umsonst gewesen sein?« Die Frage schwebte im Raum wie ein Luftballon, der durch unser Keuchen in der Luft gehalten wurde. »Mehr habe ich nicht zu sagen«, sagte Tilt.

Scamp bellte. Dad spähte aus dem Küchenfenster. »Marty kommt zu Besuch.« Marty war einer meiner Lieblingsonkel. Ein großartiger Eishockeyspieler. Einmal hatte ich gesehen, wie er einen Torhüter mit einem Schlagschuss von der Mittellinie bezwungen hatte. Er öffnete die Tür und trat ein, ein schelmisches Grinsen im Gesicht. Wir lachten. Er hatte einen Truthahn unterm Arm. Einen lebenden.

»Für euch, Bart und Donna«, sagte er zu Mom und Dad. »Euer Thanksgiving-Braten.« Der Truthahn hörte das offensichtlich nicht gern, denn er wand sich, um einen Flügel frei zu bekommen, aber Marty drückte mit dem Arm einfach etwas fester zu wie ein Dudelsackspieler.

»Wie bist du denn an den gekommen?«, fragte Dad, immer noch lachend.

»Beim Wettschießen gewonnen.« Mit der freien Hand angelte Marty ein Streichholz aus dem Halter an der Wand neben dem Kühlschrank und fing an, darauf herumzukauen.

»Wieso willst du ihn denn nicht behalten?«, fragte Mom. Argwohn lauerte in ihrer Stimme wie eine Katze im Gras.

»Ich kann ihn nicht schlachten«, antwortete Marty. »Hab mir gedacht, ihr könnt es vielleicht.«

»Na schön«, sagte Dad langsam, als sei ein geschenkter Vogel kein sonderlich gutes Geschäft. Er wandte sich an mich. »Am besten, du bringst ihn raus in den Hühnerstall, bis wir wissen, was wir mit ihm machen.«

Der Kopf des Truthahns fuhr herum und glotzte mich an. Hautlappen baumelten von seinem Schnabel, rot und runzlig wie der Hals eines alten Farmers. Ich packte ihn an den Beinen und klemmte ihn mir unter den Arm. »Ich denke, ich werde ihn Henry nennen«, sagte ich. Die drei anderen lachten.

Henry wurde nie ein Thanksgiving-Braten. Wir ließen ihn frei auf der Farm herumlaufen, und als ich eines Tages mit dem Eishockeyschläger einen Gummiball gegen die Scheune drosch, jagte Henry im Stil eines Eddie Shack hinter ihm her, holte ihn ein und hackte wild auf ihm herum. Von da an spielte Henry immer mit mir Hockey, wenn ich draußen war, selbst bei Schnee. Als Truthahn war er natürlich ein Toronto Maple Leaf. Wenn ich ihn umspielte, versuchte er immer, nach dem Ball zu picken, und wenn ich ihn ins Tor knallte, flitzte Henry kollernd hinterher, um ihn zu holen. Er hatte keine Ahnung, was ein Tor war. Als es kalt wurde, zog Henry in die Scheune um und überlebte auch Weihnachten, ohne dass beim Thema Festbraten auch nur ein Blick in seine Richtung flog, obwohl wir sonst überhaupt nichts dabei fanden, einem Huhn den Kopf abzuhacken oder zur Schlachtzeit einer Kuh eine Kugel in den Kopf zu jagen. Doch im Frühjahr darauf verschwand Henry eines Nachts spurlos. Wir vermuteten, dass ein Rudel Kojoten ihn geholt hatte. Zu der Zeit hatten sich die Hockeykünste meines Truthahns in der Familie längst herumgesprochen, und zum Glück hatten wir Fotos im Album, um es zu beweisen, nur für den Fall, dass einer von *Ripley's Believe It or Not,* dem Museum für Kuriositäten, mal bei uns vorbeischaute.

Wir waren hungrig wie Weizenaufkäufer in einem schlechten Erntejahr, als wir aus der Kabine kamen. In den ersten paar Minuten schwirrten wir um unsere Gegenspieler herum wie Fliegen um einen Kuhfladen. Wir kombinierten schnell, schlugen den Puck nach vorn und sprinteten in die Ecken. Die Spieler von Rousseau waren größer und deshalb auf gerader Strecke schneller, aber auf engstem Raum waren wir wendiger. Wir störten sie schon im eigenen Abwehrdrittel und zwangen sie zu Fehlpässen. Aber zehn Minuten lang gelang keinem Team ein Treffer.
Dann fing Murray einen Pass ab. Er sprintete an der linken Bande entlang. Ich lief in der Mitte mit, dicht gefolgt von Bryan. Einer blieb hinten. Murray zog den Verteidiger mit und lockte den Keeper ins rechte Toreck, dann wirbelte er plötzlich herum und passte mit der Rückhand vors leere Tor. Der Kasten war offen wie ein Scheunentor. Ich versenkte die Scheibe. Bryan riss hinter mir den Schläger hoch, noch bevor die Lampe des Torrichters aufleuchtete. Die Zuschauer waren aus dem Häuschen. Zwei zu drei. Die Rousseau-Jungs waren geschockt. Man merkte es an ihren Gesichtern, an ihren überhasteten Pässen, an den taktischen Umstellungen ihres Trainers. Sie waren es nicht gewohnt, ein Spiel aus der Hand zu geben. Wir hatten Oberwasser.

Fünf Minuten vergingen. Die Jungs von Rousseau besannen sich wieder auf ihre Stärken und spielten ihre körperliche Überlegenheit aus. Dennis, unser Verteidiger, war nicht darauf gefasst. Er senkte gerade den Kopf, um an der Bande den Puck zu stoppen, da stürmte einer ihrer großen Rechtsaußen heran, nahm ihn aufs Korn und – rums – rammte ihn mit einem Bodycheck gegen die Bande. An sich ein fairer Körpereinsatz. Nur leider stand dahinter ein Pfosten, an dem das schwere Drahtnetz befestigt war, das die Zuschauer auf dieser Seite schützte. Dennis knallte mit dem Kopf gegen den Pfosten, sein Helm flog davon. Zur gleichen Zeit fuhr der Stock des Gegenspielers nach oben und schlitzte ihm mit dem dicken Ende die linke Backe auf. Dennis fasste sich ins Gesicht und klappte zusammen wie ein Rehbock nach einem Blattschuss. Blut spritzte aufs Eis. Ein Glück, dass er sich überhaupt noch bewegte. Tilt kam mit einem Handtuch angerannt.
Standing Ovations begleiteten Dennis in die Kabine – die meisten Zuschauer standen sowieso. Der Hallensprecher rief nach Doc Drummond oder Doc Peters, dem hiesigen Tierarzt. Einer der beiden musste seine schwarze Tasche aus dem Auto holen und die Wunde mit ein paar Stichen nähen. Doch wenn die Spieler von Rousseau geglaubt hatten, das würde uns einen Dämpfer geben, so hatten sie sich getäuscht. Sie hatten einen wilden Stier gereizt.

Wenn man in einer Stadt wie Lashburg aufwächst, glaubt man, dass alle Ortschaften gleich sind. Und wundert sich dann, wenn es nicht so ist. Die Ligaspiele am Samstag waren meistens Auswärtsspiele. Dad und die anderen Väter packten die Jungs in ihre Autos und dann fuhren wir bei dichtem Schneetreiben oder klirrenden fünfunddreißig Grad Kälte im Schneckentempo auf dem Highway neben der Eisenbahnlinie in eine entfernte Stadt.

Einmal, als wir in ein winziges Kaff kamen, fanden wir das Eisstadion verschlossen, und weit und breit kein gegnerisches Team. Dad trieb schließlich den Hallenwart auf – in der Dorfkneipe. Er machte dem Kerl Beine, und als der widerwillig die Tür aufschloss, betraten wir den größten Kühlschrank der Welt. Es war nicht eingeheizt und weder im Warteraum noch in den Umkleidekabinen brannte ein Ofen. Manch einer hätte auf dem Absatz kehrtgemacht und wäre nach Hause gefahren. Aber uns wäre das nie in den Sinn gekommen. Wir besorgten Holz, schaufelten Kohlen und zündeten die Öfen an – in Rekordzeit. Freundlicherweise hatte der Hallenwart den gefrorenen Wasserschlauch liegen lassen, mit dem er das Eis wässerte. Der Schlauch wand sich auf dem Boden wie eine große schwarze Schlange im Zustand fortgeschrittener Leichenstarre. Eine Sperrholztür führte von der Kabine zu den Toiletten – zwei Sitze, die an der Seitenwand der Eisbahn angebracht waren. Eiskristalle in verschiedenen Gelbtönen hingen am schartigen Rand der Holzbrillen. Und sogar gefrorene feste Teile. Bei dem Gestank wäre selbst einer Elster das Kotzen gekommen. Die Jungs in der Stadt taten uns Leid. Aber umso größer war unser Wunsch, sie zu schlagen. Und als sie ihr

Team endlich zusammengetrommelt hatten, taten wir das auch.

Wir hatten jetzt einen Mann mehr auf dem Eis und unser zweiter Block nahm sofort Revanche. Cam fällte einen ihrer Linksaußen mit einem Ellbogencheck. Es ging so schnell, dass der Schiedsrichter nichts mitbekam. Gordie Howe wäre darauf stolz gewesen. Der Spieler von Rousseau kroch auf allen vieren vom Eis und die Menge schrie nach Zugabe. Dann nahm Roddy, unser Mittelstürmer, in unserer Verteidigungszone einen Pass von Peter auf und überlief seinen Gegenspieler. Hinter der gegnerischen blauen Linie drosselte er das Tempo. Mark, unser Linksaußen, durchbrach die Verteidigung wie eine Bowlingkugel, stiftete totale Verwirrung und versperrte dem Goalie die Sicht. Roddy zog aus dem Handgelenk ab, ein Flachschuss mitten durch den Wald von Beinen. Der Torhüter sah die Scheibe erst, als der Schiedsrichter sie aus dem Tor fischte. Der Ausgleich.
Die Jungs aus Rousseau hielten dagegen. In den nächsten fünf Minuten wogte das Spiel hin und her, beide Teams kombinierten, schossen aufs Tor, und die Torhüter retteten mit gespreizten Beinen. Dann angelte sich der Mittelstürmer ihrer ersten Angriffsreihe vor dem eigenen Tor einen Abpraller. Er passte zum Rechtsaußen. Der Linksaußen ging ab wie eine Rakete. Ein langer Pass rüber zu ihm. Er überquerte die blaue Linie, legte zum Mittelstürmer zurück. Und was der Typ dann machte, hatte ich noch nie gesehen. In dem Moment, als Trevor ihn angriff und den Puck wegschlagen

wollte, ließ er die Scheibe vom Stock nach hinten gegen seine Schlittschuhe rutschten, und Trevor stieß ins Leere. Der Mittelstürmer kickte die Scheibe mit dem Schlittschuh nach links und flitzte an dem verdutzten Trevor vorbei, als hätte der Wurzeln geschlagen. Panik in Trevors Gesicht. Jim, der zweite Verteidiger, stürzte herbei, um den Angreifer zu stoppen, und ließ den Linksaußen ungedeckt vor Gerrys Kasten stehen. Zack! Der Mittelstürmer passte zu ihm rüber. Zack! Der Linksaußen zog ab. Gerry ging runter aufs Eis – eine halbe Sekunde zu spät. Es war ein schönes Tor. Es stand 4 : 3. So endete auch das Drittel.

Der Geruch von frischem Asphalt und Kiefern, meine beiden Lieblingsgerüche, stieg mir in die Nase. Und das bedeutete, dass wir fast in Waskesiu waren. »Whiskey Slough«, Prince-Albert-Nationalpark, eine fünfstündige Fahrt von unserer Farm zu den Seen, Felsen und Wäldern des Kanadischen Schutzschilds. Jeden Sommer flohen wir vor der Hitze, die unsere Trockenfarm ausdorrte. Wir fuhren im Juli, wenn die Felder noch verheißungsvoll grün waren, und wenn wir zwei Wochen später wieder nach Hause kamen, mussten wir häufig feststellen, dass die Ernte halb vertrocknet war, dass wir unsere Hoffnung begraben und unsere Träume um ein weiteres Jahr verschieben mussten. Waskesiu war unsere grüne Oase.

Unser Wagen war ebenso beladen wie das weiße Schnellboot hinten auf dem Anhänger – mit Zelten, Schlafsäcken, Kochgeschirr, Wasserskiern und Angelruten. Meine Schwestern und ich wetteiferten darum, wer als Erster das Parktor ausmachte, den See, den Golfplatz und dann die Stadt selbst. Es war, als rollten wir in ein Prärie-Disneyland – angestrichene Hütten, das braune Forstmuseum mit dem ausgestopften Büffel darin, das samtige Grün der Rasenplätze, weiß gekleidete Tennisspieler. Und Johnny's Café.

Dad deutete im Vorbeifahren darauf. »Da ist es.« Irgendwie hatte ich blinkende Neonlichter und große Reklameschilder erwartet. Doch es war ein schlichtes, mit Schindeln verkleidetes Haus, gelb, mit weißen Zierleisten, genau wie das von Großmutter. Eine ausgeblichene Holztür mit Fliegengitter und Coca-Cola-Griff. Und das Schild. Durchs Fenster erhaschte ich einen Blick von Leuten am Tresen.

»Du kannst ja später hingehen und dir ein Autogramm geben lassen«, sagte Mom, als wir zu unserem Campingplatz fuhren. »Sobald wir die Zelte aufgebaut haben.«

Eine Dreiviertelstunde später schlüpfte ich durch die Tür. Schwitzige Hände, einen Knoten im Magen, einen trockenen Mund wie im August. Ich steuerte auf die funkelnde alte Registrierkasse am Ende des Tresens zu. Ein dünnes, blondes Mädchen mit dunkler Sonnenbräune und sehr roten Lippen rauchte eine Zigarette und drehte am Radio. Bei meinem Anblick drehte sie sich um und nahm noch einen Zug.

»Hi!« Sie inhalierte nicht. »Was kann ich für dich tun?« Sie lächelte freundlich. Sie war nicht viel älter als ich, mir aber meilenweit voraus.

»Ist J-J-Johnny Bower da? Ich hätte gern … äh … ein Autogramm von ihm.« *Ein Bauerntölpel.* Dachte sie bestimmt.

»Klar«, antwortete sie. »Eine Sekunde.« Sie drehte sich um und ging durch eine Pendeltür mit beschlagenen Bullaugen nach hinten.

Der Torhüter der Toronto Maple Leafs trug ein weißes T-Shirt, nicht ganz so weiße Hosen und eine schmutzige Schürze, an der er sich, während er am Tresen entlang auf mich zukam, die Hände abwischte.

»Hi, mein Junge, wie geht's?«, sagte Johnny Bower, der Typ, den ich vor Jahren im Fernsehen gesehen hatte, meistens im Schneegestöber eines flimmernden Schwarzweißgeräts.

Er ist kleiner als Dad, dachte ich. *Und fast kahl.*

»Hi, Mister Bower.« Schluck. »Ich hätte gern … könnte ich ein Autogramm haben?« Ich konnte den Blick nicht von seinem Gesicht abwenden. Es sah aus, als sei es aus Gummi und hätte zu lange in der Sonne gelegen. Und während es langsam weich wurde, war jemand mit einem spitzen Stock gekommen und hatte all diese Furchen hineingezogen. Ich konnte sogar kleine Flecken erkennen, wo er genäht worden war.

»Klar … hast du ein Autogrammbuch?« Ich schüttelte den Kopf. »Macht nichts.« Er bückte sich und zog ein Papierset mit Blümchen unterm Tresen hervor. »Tut es das?«, fragte er. Ich nickte. Johnny fasste in die Schürzentasche, in der ein gelber Quittungsblock steckte, und fischte einen Kugelschreiber heraus. »Wie heißt du, mein Junge?«

»Er … Er … ric.« Johnny legte das Set auf den Tresen und beugte sich darüber. Der Kugelschreiber schwebte über das Papier. »Spielst du Eishockey?«

»Ja.« Ein Schlucken. Und noch eins. Ein Nicken. »Rechtsaußen. In Lashburg.«
Johnny nickte. Der Kuli wirbelte über das Papier wie ein Schlittschuhläufer. Miss Lippenstift kam zurück, richtete ihr Haar im Spiegel hinter den Milchshake-Gläsern.
Auf dem Tresen stand ein Schild: Tagesessen – Warmes Truthahn-Sandwich. *Henry!* Und dann Panik! *Was, wenn er mich nach meinem Lieblingsteam fragt?*
»Hier bitte, Eric.« Er schaute auf. »Und was ist dein Lieblingsteam?«
Ein Schlagschuss voll in den Bauch.
»Äh, die Canadiens.«
Johnny Bower zuckte zusammen. Er richtete sich auf. »Die Canadiens!«, wiederholte er. Drei Männer am anderen Ende des Tresens wandten die Köpfe. Miss Lippenstift streifte mich mit einem verächtlichen Blick. Und dann warf Johnny den Kopf in den Nacken und lachte. Ein lautes, herzhaftes Lachen. »Dann stehst du wohl auf Jacques Plante, was?« Ich lächelte gequält, nickte und schnappte mir das Tischset, für den Fall, dass er es sich anders überlegte.
»Vielen Dank«, sagte ich. »Aber Sie finde ich auch toll.« Am liebsten wäre ich zur Tür gerannt.
Er lachte weiter und zwinkerte Miss Lippenstift zu, dann kam seine Hand über den Tresen und schluckte meine. »Macht nichts. Du kannst jederzeit zum Frühstück kommen, mein Junge.« Er drehte sich um und schlurfte in die Küche zurück. Ich lief zur Tür. Ich brauchte einige Zeit, bis ich mich davon erholt hatte, und dann ging ich wieder hin, einmal.

Ich aß Eier mit Speck und Toast, aber der zweitbeste Torhüter der NHL war nicht da.

Das Schlussdrittel. Rousseau legte gleich mächtig los. Eine Angriffswelle nach der anderen überrollte uns. Sie waren die besseren Schlittschuhläufer. Sie kombinierten besser. Sie waren cleverer. Nur Gerry konnten sie zunächst nicht bezwingen. Doch selbst der war nicht unüberwindlich.
Der Verteidiger von Rousseau angelte sich den Puck vor dem eigenen Tor und passte zu seinem Rechtsaußen. Der Typ schlug einen Haken und ließ Mark, der ihn rempeln wollte, ins Leere laufen. Ein Pass zum Mittelstürmer. Der Linksaußen stürmte in Richtung blaue Linie, wurde angespielt. Er flitzte in die Ecke und kurvte hinter unser Tor. Dennis, mit acht frischen Stichen genäht, sann auf Rache und jagte ihm nach. Rums! In die Bande, doch er verfehlte ihn. Der Typ raste mit dem Puck am Schläger in die andere Ecke. »Nagel ihn fest! Mach ihn fertig!« Ein Rückpass in Richtung blaue Linie. Ein Schlagschuss. Voll gegen Gerrys Brust. Er hatte die Scheibe überhaupt nicht kommen sehen. Sie prallte nach vorn ab. Vier Stöcke wirbelten in der Luft, vier Leiber rangen miteinander, und der Puck lag friedlich zwischen den Schlittschuhen. Der linke Verteidiger schlich sich heran wie ein verspäteter Kirchgänger und knallte ihn in Richtung Toreck. Gerry ging runter aufs Eis. Der Puck prallte von seinem Fanghandschuh ab und trudelte langsam ins Tor. Gerry lag geschlagen mit dem Gesicht nach unten auf dem Eis. Dennis stand, das Kinn auf das Stockende gestützt, mit hän-

genden Schultern da und aus seiner Wunde sickerte Blut. Cam fischte den Puck aus dem Tor und feuerte ihn übers Eis. Die Fans aus Rousseau, ein oder zwei Busladungen, versuchten, die Halle mit Lärm zu erfüllen. Es klappte nicht. Aber es war auch egal. Das Ergebnis auf der Anzeigetafel sprach für sich: 5 : 3.

Unsere Fans wurden still. Auf unserer Bank wurde es still. Und auch Tilt wurde merkwürdig still. Unsere Hoffnungen schrumpften wie Schneewehen im April. Der Puck kam zurück in unsere Verteidigungszone. Dort war er jetzt ständig. Jim, unser Verteidiger, versuchte zu klären. Der Puck prallte dem gegnerischen Rechtsaußen ans Bein und tropfte vor ihm herunter. Der Typ schlüpfte zwischen Jim und Trevor hindurch und schoss an Gerrys Kelle vorbei ins Tor. Ein lautes Stöhnen. Auf der Anzeigetafel leuchtete der neue Spielstand auf: Heim 3, Gäste 6. In die Zuschauer kam Bewegung. Fragen. Schulterzucken. Ein paar Leute schlurften davon, um sich einen Kaffee zu holen. Auf den Gedanken, nach Hause zu gehen, wäre aber keiner gekommen.

Dahdadada, dahdadadadah. Die inoffizielle kanadische Nationalhymne tönte aus dem Fernseher. Es war Samstagabend und draußen wütete ein Schneesturm. Aus der Küche drangen die gedämpften Geräusche kleiner Explosionen. Mom und meine Schwestern machten Popcorn. Auch Dad und ich hatten Vorbereitungen getroffen. Das Hockeyspiel stand auf dem Esstisch, mit einem Handtuch als Unterlage, damit wir das Holz nicht verkratzten. Das Spiel war nagelneu, ein

Weihnachtsgeschenk. Es hatte Batterien und richtige rote Lampen hinter den Toren. Für jeden Spieler gab es einen separaten Stab, so dass jeder einzeln übers Spielfeld geschoben werden konnte. Wollte man schießen, musste man den Spieler hin- und herdrehen. Die Spieler waren aus Metall und jeder hatte ein Gesicht. Im Fernsehen spielte heute Toronto gegen Montreal. Und in unserem Wohnzimmer Dad gegen mich. Die Schüssel Popcorn mit zerlassener Butter und Salz wurden hereingetragen. Und Gläser mit Coca-Cola. Mom blieb in der Küche und studierte Rezepte. Meine Schwestern gingen mit ihren Schüsseln nach oben in ihr Zimmer und spielten. Murray Westgate stand neben den Esso-Zapfsäulen. Er grüßte wie ein Onkel und winkte. Die Mädchen im Fernsehen sangen: »Das Esso-Zeichen des Vertrauens, das fröhliche Verkehrsschild.« Den Spruch kannte jedes Kind.

Danny Gallivan: »Hallo, Sportsfreunde von Küste zu Küste, hier ist *Hockeynacht in Kanada*.« Dann der untersetzte Ward Cornell, in dunklem Anzug und mit glänzender Pomade im schwarzen Haar. Er sprach über die Rivalität zwischen den Leafs und den Canadiens. Rivalität bestand auch zwischen Dad und mir. Ich hatte noch nie ein Spiel gegen ihn gewonnen. Doch jedes Mal kam ich dem Sieg ein Stück näher. Wir fingen immer an, bevor das Match im Fernsehen begann. Wir spielten in den Drittelpausen. Und wenn nötig, spielten wir auch nach der Übertragung weiter.

Jetzt wurde es Zeit. Ich legte mich auf den Fußboden und stützte mich auf die Ellbogen, um das Spiel meiner Canadiens zu verfolgen. Ich wusste, dass ich hier, mitten in der Prärie, auf einer Farm im Nirgendwo, genau dasselbe tat wie alle anderen im Land. Überall sah man ihnen zu, dem großen Jean Beliveau, »Bum-Bum«-Geoffrion, Henri Richard, »der Taschenrakete«, und Dickie Moore. Ich hatte ihre Sammelkarten aus den Kaugummipackungen. Ich sah mir die Bilder stundenlang an, studierte, wie sie den Stock hielten, wie sie ihre Strümpfe mit Tape umwickelten, wie sie ihre Schlittschuhe schnürten – im Zickzack oder einfach quer, welche Art von Schläger sie benutzten, wie die Schaufel gekrümmt war. Ich war Canadiens-Fan, weil sie das Spiel liebten, mehr liebten als alle anderen. Genau wie ich.

Eigentlich war es ein harmloser Schuss, völlig ungefährlich. Jim versuchte nur, die Scheibe ins gegnerische Drittel zu befördern, und so drosch er sie mit aller Kraft in die Ecke. Sie stieg in die Höhe, knallte gegen einen der Holzpfosten des Schutznetzes und sprang von dort zurück vors Tor. Roddy haute ihn rein, dem Keeper durch die Beine. Unsere Fans hatten bisher wenig Grund zur Freude gehabt, und so jubelten sie jetzt lange und ausgelassen, wenn auch nicht so lange und ausgelassen wie zuvor. Die rote Lampe war ein Hoffnungsschimmer. Doch die Zeit wurde knapp. Nur noch fünf Minuten und dreißig Sekunden reine Spielzeit. Rousseau hatte im Schlussdrittel und fast das gesamte Match über besser gespielt. Tilt sah uns an und nickte: »Okay, Jungs, da geht noch was.« Er deutete auf mich. »Du bleibst draußen. Cam, du spielst rechts.«

Ich sah ihn an. Empörung stieg in mir auf, dann Wut. Tilt machte eine beschwichtigende Geste und lächelte. »Warte. Nur eine Sekunde«, sagte er. »Ab sofort schnelle Wechsel«, rief er den Jungs auf dem Eis zu.

Cam bekam den Puck rechts vom Anspielkreis. Er passte zu Bryan, der auf die blaue Linie zusteuerte, dicht gefolgt von Murray. Bryan legte zurück, sprintete weiter. Murray schoss. Der Torhüter wehrte mit der Kelle ab. In die Ecke. Ein Verteidiger versuchte zu klären. Trever stoppte die Scheibe an der Bande, feuerte sie zurück in die Ecke. Noch 4 : 15 Minuten auf der Uhr. Auch die Zuschauer spürten, dass uns die Zeit davonlief, wurden wieder munterer, feuerten uns an, hofften auf ein Wunder. Unser Block ging vom Eis. Die zweite Reihe stürmte ins gegnerische Drittel. Mark stocherte nach dem Puck, als der Verteidiger von Rousseau ihn wegschlagen wollte. Der Puck kullerte aufs Tor zu, wurde in Richtung blaue Linie geschlagen, doch Peter konnte ihn mit dem Schlittschuh stoppen, bevor er aus der Angriffszone rutschte. Er holte zu einem Schlagschuss aus. Die Scheibe zischte wie ein Geschoss durch das Gewühl vor dem Tor. Peng! Und knallte an den Pfosten. Die Menge stöhnte. Noch 2 : 50 Minuten. Die dritte Reihe sprang über die Bande. Wir kämpften jetzt mit dem Mut der Verzweiflung. Ich linste zu Tilt, verwünschte ihn. Mike rammte den Linksaußen von Rousseau gegen die Bande. Der Puck glitt zurück zur Linie. Peter schoss. Der Puck zischte übers Eis, gut einen halben Meter hoch, mit hundert Meilen pro Stunde. Roddy, der vor dem Tor stand, hob den Stock und drehte die Schaufel so, dass der Puck abgefälscht wurde. Der Keeper flog in die eine Ecke, der Puck in die andere. Und ins Tor. Ein Lärm brach los, der nicht abebben wollte. Noch 1 : 10 Minuten. Mittlerweile standen alle. Alle Kuhglocken schepperten. Alle Trompeten schmetterten. Tilt sah mich an und nickte. Ich war dran.

Wir melkten. Dad hatte die störrische Old Blue. Und ich die bravere Daisy, eine Schwarzbunte. Die Kühe standen nebeneinander im Stall, und wir beide hockten auf alten Schemeln, die Köpfe zu den Kühen vorgebeugt. Es war still bis auf das rhythmische Zischen, das der Milchstrahl verursachte, wenn er durch den aufsteigenden Schaum in den Eimer schnitt. Blue hatte gerade gestrullt und ein scharfer, süßlicher Geruch lag in der Luft. Sie hatte sich nicht die Mühe gemacht, den Schwanz zu heben, dafür schlug sie umso heftiger mit ihm nach Dad. Aber nicht, weil Fliegen da gewesen wären. Wir hatten vierzig Grad unter null.

Dad war ein Mensch, der, wenn ich drei Tore geschossen und eine Strafe bekommen hatte, hinterher auf der Strafe herumritt. Ich hatte schlechte Neuigkeiten für ihn.

»Dad?«, sagte ich schließlich, meinen Mut zusammennehmend.

»Ja?«

»Beim Spiel gestern Abend habe ich mich geprügelt.« Warten. »Ich bekam eine Matchstrafe.«

Das Zischen hörte auf. Stille. Nur das Kauen der Kühe. »Herrgott noch mal«, seufzte er leise. Das war kein gutes Zeichen.

Das Zischen setzte wieder ein, aber lauter jetzt, zornig. Der Milchstrahl nahm den Eimer unter Beschuss. Dad räusperte sich. Ich melkte weiter, hing an Daisys Euter wie ein schiffbrüchiger Seemann.

»Ich würde gern wissen, wieso du dir dein Eishockey vermasselst.« Ich tauchte noch tiefer in Daisys Wärme. »Weißt du, Freundchen, du kannst besser Schlittschuh laufen als so ziemlich jeder andere. Du hast eine gute Stocktechnik. Du kannst Spiele entscheiden. Deine Schüsse aus dem Handgelenk sind erste Sahne. Vor zwei Wochen in Riverside hast du den Keeper von jenseits der blauen Linie überwunden! Du kannst spielen wie kaum ein anderer.«

Er redete sich in Zorn, sprach immer schneller. »Und was tust du? Du scheißt drauf. Du behandelst den Puck wie eine heiße Kartoffel, bloß weg damit. Du drückst dich vor der Verantwortung. Du gehst nicht in die Ecken und checkst nicht wie Bryan. Du attackierst nicht in der neutralen Zone wie Roddy. Du hast so viel Talent und fängst nichts damit an. Und um der Sache die Krone aufzusetzen, schmorst du auf der Strafbank, weil du dich ständig angegriffen fühlst und prügelst, Herrgott noch mal. Damit tust du der Mannschaft mit Sicherheit keinen Gefallen. Und machst dich obendrein zum Narren. Was zum Teufel ist nur los mit dir? Das würde ich gern wissen.«

Milch spritzte sturzbachartig in den Schaum. Dann endlich wurde der Strahl schwächer, ein paar letzte Spritzer, und der Holzschemel schrappte über den Beton. Dad stand auf, kam rüber und sah mich an. Sein Zorn hatte sich etwas gelegt. Er war ratlos, enttäuscht, aufgebracht, aber er kochte nicht mehr vor Wut. Ich konnte etwas aufatmen. »Nun?«

»Weiß nicht.« Mein banger Seufzer malte einen langen Streifen in die Luft.

»Tja, kein anderer weiß die Antwort. Niemand wird es dir erklären und sagen können, was du tun musst und wie du es tun musst, verstehst du? Tilt nicht, ich nicht, keiner. Du musst in dich gehen. Du musst es selbst herausfinden.« Fast normal, beinahe mitfühlend jetzt. »Also, denk darüber nach. Okay?« Er drehte sich um und ging durch die Scheune. Das Tor glitt zur Seite und schloss sich wieder.

Noch 45 Sekunden zu spielen. Das Ende der Saison, das Ende der Jugendliga, das Ende von allem. Etwas erfasste mich, durchströmte mich, packte mich an den Schultern und rüttelte mich, irgendeine Kraft, die seit dem Spaziergang heute Morgen, vielleicht schon länger, in mir gewachsen war. Ich schnappte mir den Puck in der Ecke, wirbelte herum wie auf einer gefrorenen Farmhauspfütze und entwischte dem Zähne fletschenden Linksaußen, der mit dem Stock nach mir schlug. Ein Schritt, und noch ein langer kraftvoller Schritt, ein Maurice-Richard-Schritt, der den scharfen Stahl ins Eis drückte. Tempo jetzt, die Rakete beschleunigte, die Nummer 9 explodierte. Ich spürte den Wind, den ich entfachte, täuschte die verdutzten Verteidiger, umkurvte sie wie grüne Holzfiguren, vorbei an den Rohrkolben und der verschneiten Bande, vorbei an gefrorenen Stiefeln, an George und Marg, Mom und Dad, dem Truthahn, an allen, die ich

kannte, dem Ziel entgegen, durch die eisige Nacht dem Lichtkegel am Ende des Spielfelds entgegen, wo alles im Dunkeln versank bis auf das kleine Rechteck des Tors, vor dem Jim und Barry, Terry Sawtchuck, Gump Worsley und Johnny Bower standen und warteten. Den Puck am Stock, mal links, mal rechts, beugte ich den Körper vor und griff weit aus und meine Kufen blitzten wie Bajonette. Schnaufend wie eine Lokomotive überquerte ich die blaue Linie. Der Stock eines Verteidigers drosch auf meinen Hintern, der Stock eines Verteidigers riss an meiner Hüfte, ein Arm zerrte an mir. Ich drehte mich. Ich fiel. *Scheiße, ich falle!* Meine Beine rutschten weg. *Nein! Nicht!* Wir fielen, der Verteidiger und ich, rutschten, schlitterten, und der Puck wirbelte weiter, eine schwarze Scheibe, die auf der Kante durch den aufspritzenden Schnee kullerte. Ich streckte die Arme nach vorn, fuhr den Stock aus, hob den Kopf vom Eis. Vor mir, der Torhüter, legte sich quer, eine grüne Wand, die auf mich zukam. Ich schob den Schläger flach übers Eis, stieß ihn gegen die Scheibe. Sie stieg in die Höhe, entschwand meinem Blickfeld, stieg immer höher und flog über die grüne Holzfigur von einem Keeper, irgendwohin, wo sie unerreichbar für mich war, und fand dann, kullernd und trudelnd, irgendwie den Weg in das Tor mit dem gehäkelten Netz.
Ringsum brach ein Jubel los, der uns in einen Kokon wilder, ausgelassener Freude hüllte. Schreiende Tigers auf einem Haufen wie Footballspieler. Ein Berg von Leibern, Begeisterung, Lachen, Gebrüll. Tilt, auf allen vieren auf dem Eis, spähte ins Gewühl, Tränen in den Augen. Alle brüllten, Le-

derhandschuhe klatschten, Kuhglocken dröhnten, Trompeten, Pfiffe, Farmersfrauen, die in ihre Taschentücher weinten, das lächelnde Zigarettenmädchen auf der Anzeigetafel, Farmer, die in ein abgehacktes, nervöses Lachen ausbrachen, ein sprachloser Danny Gallivan. Fünf Minuten, sechs Minuten, vielleicht zehn. Schließlich wurde der Puck wieder eingeworfen. Nur noch Sekunden zu spielen. Der Puck wurde ein paar Mal hin- und hergeschoben. Die Sirene ertönte. Unentschieden! Verlängerung! Und wieder brach donnernder Applaus los, stieg vom eiskalten Spielfeld hinauf zu den sanft geschwungenen Balken und drang durch das Dach hinaus in die dunkle kalte Prärienacht.

Ein Klopfen. *Wer klopft denn an die Tür einer Umkleidekabine?* »Ja? Herein!«
Die Tür öffnete sich einen Spalt. Mom spähte herein, hinter ihr Dad. »Kommt rein.«
Sie traten ein wie Gäste auf der falschen Hochzeit. Mom in ihrem braunen Armeemantel, auf dem Kopf einen blauen Wollhut, unter dem ihr ergrauendes blondes Haar hervorschaute. Dad trug seinen City-Autocoat, eine grüne Mütze und die Dauerbräune eines Farmers. Sie setzten sich auf die Bank in der Ecke mir gegenüber. Eine Minute lang sprach niemand ein Wort. Ich war bereits umgezogen und saß mit verschränkten Armen und übereinander geschlagenen Beinen da, die Füße auf meiner Tasche, die Hockeylederjacke über den Schultern. Mitten im Raum stand ein Mülleimer, drum herum Knäuel aus Klebeband, ein Haufen Handtücher

mit Dennis' Blut daran. Wasserlachen, wo Schnee geschmolzen war. Die abgebrochene Schaufel eines Schlägers. Der dazugehörige Schaft lehnte in der Ecke.

Mom spielte mit ihren Handschuhen. Dad räusperte sich. »Also, das war mit Sicherheit ein großes Spiel.«

Ich musterte meine Stiefel und nickte schwach.

»Du hast toll gespielt«, sagte Mom mit einem forschenden Blick ihrer grünen Augen. »Tilt sagt, er hätte die ganze Saison darauf gewartet, er hätte gewusst, dass es in dir steckt.«

Ein Lächeln.

»Wir alle wussten es«, sagte Dad. »Aber wie hast du das eigentlich angestellt, dass der Puck ins Tor ging?«

»Keine Ahnung.« Ich lachte. »Ich habe nicht die leiseste Ahnung.« Dann wieder Schweigen.

»Dieser Talentspäher hat zu Tilt gesagt, ihr hättet toll gekämpft.« Dad war vorsichtig mit seinen Worten, als sammle er Eier ein. »Er hat mit zwei Jungs von Rousseau geredet.« Eine Pause. »Mit keinem von hier.«

»Ja, er hat es mir gesagt.«

»Es ist keine Schande, zu verlieren, hörst du?«, sagte Mom. »Ihr habt alles gegeben. Die anderen waren einfach stärker.«

»Die Leute sagen, es war das beste Spiel, das sie jemals hier gesehen haben«, meinte Dad.

Ich dröselte die Arme auseinander und schob die Hände in die Taschen. »Ich bin nicht traurig.« Ich richtete mich auf, setzte die Füße auf den Boden und starrte auf die blutverschmierten Handtücher. »Eigentlich bin ich sehr glücklich.« Ich spürte die abwartenden Blicke meiner Eltern.

»Ich hatte … na ja … ich hatte immer irgendwie Angst.«
»Angst?«, fragte Dad. Mom legte ihm die Hand aufs Knie.
Ich zuckte die Schultern. »Ich weiß auch nicht, vielleicht davor, gut zu sein. Heute Abend … das war toll, denn die Angst war weg. Ich hatte das Gefühl … ich könnte alles schaffen.«
Ich hob ein zerknülltes Klebeband auf und rollte es zu einer klebrigen Kugel zusammen. »Nur, was ist, wenn ich hier weggehe, zu irgendeinem Verein, und es nie wieder schaffe?« Ich warf die Kugel in Richtung Mülleimer. Daneben.
»Nun ja«, antwortete Dad langsam, »vielleicht ist es noch nicht zu Ende.« Er machte eine Pause. »Vielleicht ist es erst der Anfang.« Er stand auf und Mom folgte seinem Beispiel. »Ich schätze, es liegt ganz bei dir.«
Mom trat direkt vor mich hin. »Wir sind sehr stolz auf dich.«
Dad klopfte mir mit den Handschuhen auf die Knie. »Ja«, sagte ich. Ein schiefes Grinsen. Sie gingen zur Tür.
»Viel Spaß noch«, sagte Mom.
»Nacht«, sagte ich. Und dann: »Danke.« Pause. »Danke für alles.«
Aber die Tür hatte sich bereits geschlossen. Ich blieb noch eine oder zwei Minuten sitzen, dann stand ich auf, schwang die Hockeytasche über die Schulter, ergriff meinen Stock und sah mich in der Kabine um. Langsam sog ich den Geruch nach nassem Leder, schwarzem Klebeband und lackiertem Holz ein, den süßlichen Geruch nach Schweiß. Ich ging hinaus. Das Licht über dem Eis war bereits gelöscht. Die Außentür fiel hinter mir zu. Der Knall hallte in der leeren Eishalle wider.

Sonnenkreise

Schneewölkchen wehten über die ebenen, weißen Felder, fegten durch den Graben, rissen an den Heideröschen und Disteln, die der Mähdrescher im Herbst verschont hatte, und leckten mit ausgefransten Zungen über die gefrorene Schotterstraße.

Manchmal, bei schlechtem Wetter, wenn Felder, Straße und Graben einem nahtlosen weißen Teppich glichen, war nur am Unkraut zu erkennen, wo die Straße aufhörte und der Graben anfing.

Mom saß am Steuer, meine Schwestern Nicky und Tracey-Lynn auf dem Rücksitz. Wir fuhren von der Kirche in Lashburg nach Hause. Es war März, und nach den kurzen dunklen Tagen und der betäubenden Kälte der letzten Monate sehnten wir uns nach dem Frühling. Aber noch war der Frühling nur ein schwacher Geruch, der an gewissen Vormittagen in der Luft lag, und der heutige zählte ganz bestimmt nicht dazu.

»Halos«, sagte ich zu Mom, die, übers Lenkrad gebeugt, angestrengt auf die Straße spähte. Ich deutete auf die schimmernden weißen Flecken am Himmel zu beiden Seiten der Sonne – Lichterscheinungen, die durch Brechung an Eiskristallen entstanden. Sie bedeuteten, dass die Luft weiter oben kälter war. Am Boden herrschten zehn Grad unter null, für die Verhältnisse in Saskatchewan beinahe mild.

»Das Wetter wird umschlagen«, sagte Mom. Sie hob den Blick und betrachtete den Himmel, sah aber gleich wieder auf die Straße. »Es könnte Sturm geben.« Zu unserer Rechten tauchte eine verlassene rote Backsteinkirche schemenhaft aus dem Weiß auf. Im Sommer fuhr ich nach dem Abendessen oft mit dem Fahrrad dorthin, brach die Tür mit einem Schraubenzieher auf und spielte »Bumble Boogie« auf dem alten Harmonium. Mom fuhr langsamer und bog rechts ab. Bis zur Farm war es noch eine Meile.

»Und wie hat dir Harrys Predigt gefallen?« Der weiße Fairlane tuckerte um die Kurve. Mom gab Gas und hielt das Lenkrad beim Beschleunigen fest umklammert. Die Mädchen stritten darüber, welcher Beatle besser aussah.

»Weiß nicht, hab nicht darüber nachgedacht«, log ich.

Ich hatte mehr Aufmerksamkeit dem Umstand gewidmet, dass Anna-Maria in der Kirche war. Ich mochte sie, hatte sogar ein paar Lieder laut gesungen, weil ich hoffte, damit ein paar Punkte bei ihr zu machen. Aber dann hatte Harry angefangen, über die Sünde zu reden, und in diesem Punkt bin ich nicht ganz unvorbelastet. Er ließ seinen stählernen Christenblick auf mir ruhen und fragte in seinem breiten holländischen Akzent: »Was wäre, wenn wir jedes Mal, wenn wir etwas Schlechtes tun, einen Nagel in eine Tür schlagen?« Er ließ uns eine Weile zappeln, dann durchbohrte er mich mit seinem Blick: »Und wenn wir jedes Mal, wenn wir etwas Gutes tun, einen Nagel herausziehen?« Wir saßen mucksmäuschenstill da und warteten auf die donnernde Faust der Pointe. »Selbst wenn wir alle Nägel herausziehen, haben wir immer noch eine Tür voller Nagellöcher.« Nach diesem Satz wurde viel gehustet und geraschelt und später war der Sammelteller übergequollen.

»Ich schätze«, antwortete ich jetzt meiner Mutter, »er wollte damit sagen, dass man sich anständig benehmen soll, wenn man will, dass die Haustür schön bleibt.« Mom lachte und das blonde Haar schaute unter ihrem burgunderroten Paisleyschal hervor. Ich dachte mir, dass meine Tür wohl eher wie ein Fliegengitter aussah.

Vielleicht lag es am Wetter, vielleicht auch daran, dass Sonntag war, jedenfalls war ich nervös, als wir nach Hause kamen. Dad saß am Küchentisch und las in einem Heft von *National Geographic*. Der Kohleofen brannte. Dad ging nicht oft in die Kirche, sagte, er bete lieber in Gottes freier Natur. Was im Sommer durchaus eine gute Idee war. Ich ging nach oben, zog eine Jeans, dicke Wollsocken und einen warmen Wollpullover an.

»Ich reite zum Fluss runter«, sagte ich, als ich mit großen Schritten in die Küche kam. Ich schnappte mir einen Apfel und öffnete den Kühlschrank, um mir ein Stück Cheddarkäse herauszuholen.

Mom sah vom Tisch auf, wo sie gerade Sellerie fürs Mittagessen schnippelte. Heute gab es Thunfisch-Sandwiches. »Hältst du das für eine gute Idee? Du hast doch die Halos gesehen.« *Warum haben Eltern immer einen Hintergedanken, wenn sie eine Frage stellen?*

»Ach zum Teufel. Im Radio haben sie nichts von einem Sturm gesagt. Es kann drei Tage dauern, bevor etwas passiert.«

»Hör auf, in meiner Küche zu fluchen.« Sorge huschte über ihre blauen Augen wie ein Polarlicht, ihr Messer schwebte in der Luft. »Du weißt doch, wie unberechenbar das Wetter ist.« Sie wandte sich an Dad, der in einen Artikel über irgendeine Maya-Grabung vertieft war. »Bart?«

Dad ließ die Zeitschrift sinken. »Es wird ihm schon nichts passieren.« Er sah mich an. »Aber kehr sofort um, wenn du merkst, dass sich was zusammenbraut, okay?«

Nicky stürzte herein. Sie war dreizehn und wollte was erleben. »Kann ich mitkommen?«

»Nein, du blöde Kuh. Du weißt ja nicht mal, wo ich hinwill.«

»Nenn deine Schwester nicht blöde Kuh.« Dads Miene verfinsterte sich.

»Schon gut.« Ich nickte, drehte mich um und angelte mir auf dem Weg zur Tür ein paar Streichhölzer aus dem alten Spender aus Zinn neben dem Kühlschrank. Das war das Klügste, was ich an diesem Tag tat.

»Komm, Scamp«, sagte ich zu unserem Beagle. »Gehen wir.« Doch er lag nur da und rührte sich nicht. *Das ist ja ganz was Neues,* dachte ich und trat ins Freie.

Der Himmel hatte die Farbe von Badewasser. Die Sonne leuchtete schwach wie ein fahler Mond mit zwei kleinen Scheiben auf jeder Seite. Auf dem Weg zur Scheune fragte ich mich, wieso die Eiskristalle der Halos da oben in der Luft blieben, Schneeflocken und Hagel aber nicht.

Paddy stand am Zaun neben der Koppel. Er hatte die Ohren

nach vorn gelegt und streckte den Kopf über die oberste Zaunlatte, als wüsste er, dass etwas im Gange war. Ich pfiff. Er antwortete mit einem Wiehern. Paddy war ein Palomino, ein Wallach. Ich hatte ihn mir zwei Jahre zuvor für 275 Dollar gekauft. Das Geld hatte ich mir mit Ferienjobs bei der Gemeinde verdient. Ich hatte das Gras in Straßengräben gemäht und mit Hacke und Schaufel Abzugskanäle gebuddelt. Auf jeden Fall war Paddy ein schönes Pferd. Nicht groß, aber mit einem hübschen goldfarbenen Fell, weißer Mähne, weißem Schweif und einer Blesse auf der Nase. Dad sagte, Paddy sei überhaupt nicht klar, dass er ein Pferd sei. Er halte sich für einen Menschen oder den größten Schoßhund der Welt. Er schnaubte mit einem leichten Tremolo durch die Nüstern, wie das Pferde eben so tun, und ich schnaubte auf die Art zurück, wie es Menschen mit Pferden tun. Ich öffnete das Gatter, fasste Paddy am Halfter und führte ihn zum Tor. Ich ging in die Scheune und holte Zaumzeug, Sattel und Decke. Die Decke stammte noch von meinem Großvater. Den Sattel hatte ich einem alten Cowboy im Osten der Stadt abgekauft. Als ich den Gurt festzurrte, wandte Paddy den Kopf und seine Nase flog zielsicher zu meiner Jackentasche wie eine Biene zur Blume. Er hatte den Apfel gewittert.

»He, du fetter, diebischer Vierbeiner!« Ich lachte und hielt ihm den Apfel hin. Er nahm das ganze Ding ins Maul, als hänge sein Leben davon ab. Paddy sah mit seinem Winterfell ein wenig verlottert aus, und seine Hufe hätten mal wieder beschnitten gehört. Ich nahm mir vor, ihn nach unserer Rückkehr zu striegeln.

Ich schwang mich in den Sattel, machte es mir in dem durchgesessenen Sitz bequem und genoss das Knarren des Leders und den warmen Geruch des Pferdes. Wir ritten am Haus vorbei und den Feldweg entlang, dann nach Westen über die Felder dem Fluss, dem South Saskatchewan River, entgegen. In unserer Provinz gibt es nicht viele Flüsse, und ich war immer froh, dass nur drei Meilen entfernt einer an unserer Farm vorbeifloss. Er zog uns an wie ein Magnet, sommers wie winters, besonders wenn es nichts zu tun gab und auch sonst nichts los war. Jedes Jahr schlossen wir Wetten ab, wann der Eisbruch einsetzen würde. Manchmal hörten wir vom Haus aus das Ächzen des Eises und das Krachen, wenn sich Schollen lösten und flussabwärts trieben. Ich wollte dort sein, wenn es wieder passierte. Wenigstens wollte ich sehen, in welchem Zustand das Eis war. Ich stieß Paddy mit meinen Arbeitsstiefeln in die Flanken und widerwillig fiel er in Trab.
Wir waren nicht gerade Pferdenarren. Ich selbst hatte sogar ein wenig Angst vor Paddy, Angst davor, herunterzufallen und mich zu verletzen. Zwei Mal war mir das beim Galoppieren schon passiert und danach hatte ich wochenlang gehumpelt. Paddy war nicht richtig eingeritten. Er duldete uns nur so lange, bis er keine Lust mehr hatte, dann schlug er den Weg zum Stall ein.
Einmal hatten wir einen Cowboy angeheuert, der ihn für uns zureiten sollte, einen kleinen Japaner namens Snowball. Er war ein brutaler Kerl. Er stieß Paddy die Sporen in die Seiten, damit er gehorchte, und nach fünf Minuten lief das Blut an Paddys Flanken herunter. Dad zitterte vor Wut. Er drohte

Snowball, ihn vom Pferd zu schießen, wenn er nicht sofort absteige. Ich strich Salbe auf die Wunden, doch es blieben Narben zurück. Danach verhätschelten wir Paddy noch mehr als zuvor.

Wir folgten einem Feldweg, der zwischen zwei Stoppelfeldern hindurchführte. Die Halmreste der letzten Ernte ragten aus dem Schnee wie der Dreitagesbart eines Junggesellen. Direkt vor mir konnte ich die Hügel jenseits des Flusses ausmachen, ein dunkler, bläulicher Fleck unter der schmalen, grauen Horizontlinie. »Es ist kälter, als ich dachte«, sagte ich zu Paddy und zog mir den braunen Stetson tiefer ins Gesicht. »Hätte ich doch nur meine grüne Wintermütze mitgenommen.« Ich ließ Paddy in den Schritt wechseln und machte den obersten Knopf meiner dicken Jeansjacke zu. Ich war froh, dass sie dick gefüttert war und dass ich eine lange Wollunterhose angezogen hatte.

»Mist!« Ich beobachtete den Schnee, der über die Stoppeln fegte. Der Wind hatte sich gedreht. Innerhalb von wenigen Minuten war er umgesprungen. Jetzt blies er aus Norden. Ich drehte mich im Sattel um und blickte zu unserem Haus zurück. Bis zum Fluss waren es noch ungefähr zwei Meilen. »Wir sollten uns wirklich sputen«, sagte ich zu Paddy und gab ihm mit den Fersen einen Stups in die Rippen. Irgendwie stellte ich mir Pferde immer wie Motorräder vor. Ein Tritt mit dem Fuß und man schaltet in den nächsten Gang. Paddy fiel in einen leichten Trab, schüttelte aber den Kopf und brach plötzlich zur Seite aus, als wäre er am liebsten in den Stall zurückgekehrt.

»Los, du alter Klepper, sonst bringe ich dich in die Leimfabrik.« Paddy bequemte sich, etwas schneller zu traben, während er darüber nachdachte, und als ich ihn wieder antrieb, fiel er bereitwillig in leichten Galopp.

Plötzlich explodierte direkt vor uns ein weißer Fleck im Schnee und rannte davon. Ein Schneehase! Paddy machte mit gestreckten Beinen einen Satz in die Luft, landete hart auf allen vieren und jagte im Galopp quer übers Feld. Ich griff nach dem Sattelknopf, um mich festzuhalten, und ließ dabei den linken Zügel los. Paddy ging durch! Ich beugte mich vor, griff nach dem heftig schlenkernden Zügel, bekam ihn aber nicht zu fassen. Ein-, zweimal trat Paddy darauf. Der Riemen spannte sich, löste sich dann mit einem Knall und pfiff an seinem Ohr vorbei. Der Boden flog unter mir vorüber, ein verschwommenes, flirrendes Weiß. Ich hörte nur das Knarren des Leders und das Trommeln der Hufe auf der gefrorenen Erde unter dem verharschten Schnee. Endlich erwischte ich den Zügel, lehnte mich zurück und zog mit aller Kraft an beiden Zügeln. Paddy fing mit einem Ruck seinen Schwung ab, trippelte kurz und blieb stehen. Sein Bauch hob und senkte sich unter mir, Dampf schoss aus seinen Nüstern. Mein Herz raste, Blut pochte in meinen Ohren.

»Paddy!«, schrie ich. »Hast du noch nie einen dämlichen Hasen gesehen?«

Von dem Schreck erholt, fiel Paddy in einen leichten Galopp. Ein paar Minuten später hatten wir die Felder hinter uns gelassen und schlängelten uns durch ein Gewirr von amerikanischen Beifußsträuchern und Büffelbeerenbäumen. Der

Wind blies eisige Raureifkämme von den Ästen. Wir ritten westwärts bis zu einem Stacheldrahtzaun und folgten ihm, bis wir an ein Tor gelangten. Es stand offen. Im Winter war kein Vieh auf der Weide. Wir ritten durch das Tor. Bald gelangten wir in die Hügel – khakigrün im Sommer, jetzt weiß und rund und glatt, durchzogen von tief eingeschnittenen Tälern, die alte Bäche auf ihrem Weg zum Fluss gebohrt hatten. Wir bogen nach Süden in Richtung Seatontal ab, das zunächst nur eine Senke mit Apfelbeerensträuchern war. Dort, wo es tiefer wurde, wichen die Sträucher einem Dickicht aus knorrigen grauen Ahornbäumen, dann Pappeln und schließlich, am Wasser, Weiden. Wir ritten auf der Kammlinie entlang, so dass ich von Paddys Rücken aus den Fluss sehen konnte. Das Eis hatte Risse wie die Schale eines hart gekochten Eies. Durch den Druck waren Eisrippen entstanden, die im Zickzack hinüber zum anderen Ufer liefen, das eine halbe Meile entfernt war. Sie sahen bedrohlich aus – wie angriffsbereite Klapperschlangen.

Wir folgten dem Tal, und als es schließlich breiter wurde, ritten wir einen steilen Hang hinunter. Unten angekommen, musste Paddy durch brusthohe Schneewehen stapfen, um ans Flussufer zu gelangen. Schmutzige Eisplatten, vermischt mit Sand, den der Wind herbeigetragen hatte, schoben sich die gefrorene Böschung herauf, hatten junge Weiden platt gewalzt und Treibholz aufgetürmt. Wir hielten an. Paddy schnupperte an einigen zerfransten Rohrkolben, während ich dasaß und die Landschaft betrachtete. Ich dachte an die frühen Forscher, die sie zum ersten Mal gesehen und sich jedes geographische Merkmal, jede Beobachtung und jeden Gedanken für ihre Tagebücher und Karten notiert hatten. Ob sie glaubten, ein unbewohntes und ödes Land vor sich zu haben? Oder fanden sie es schön, wie die Indianer? Die Plains Cree lebten seit zehntausend Jahren hier. Es war ihr Garten, ein Geschenk des Schöpfers. Ich stellte mir eine Gruppe von Jägern vor und ich war einer von ihnen. Auf gescheckten Ponys, auf deren Rücken erlegte Schneehasen und Weißschwanzhirsche mit baumelnden Köpfen lagen, ritten wir zu unseren Tipis zurück, die windgeschützt in tiefen Felsenschluchten lagen, aus denen der süßliche Rauch von Holzfeuern aufstieg.

Paddys Schnauben holte mich in die Wirklichkeit zurück. Draußen auf dem Fluss wehte Schnee über das Eis und kräuselte sich über den Eisrippen. Der Wind war stärker geworden. Das jenseitige Ufer war verschwunden. Tief hängende dunkle Schneewolken jagten am Fluss entlang auf uns zu. Mein Herz begann, wie wild zu pochen, ein Stromstoß fuhr mir in Arme und Beine. *Ein Sturm!* Ich hatte mich zu lange aufgehalten. Ich sah zu den Halos hinauf. »Verdammt, ich Blödmann!«

Dads Worte versetzten mir einen Stich. »Es wird ihm schon nichts passieren. Aber kehr sofort um, wenn du merkst, dass sich was zusammenbraut, okay?«

»Los!«, rief ich Paddy zu. Die Anspannung in meiner Stimme überraschte mich. »Machen wir, dass wir hier wegkommen.« Ich zog kräftig am rechten Zügel. Paddy schwang herum, und ich trat ihm in die Flanken und dirigierte ihn zu der

Schneewehe, die wir nur Minuten zuvor durchquert hatten. Paddy wollte auf dem Weg am Rand des Tals zurückreiten, auf dem wir vorher gekommen waren. Doch ich hatte es jetzt eilig. Ich wollte so schnell wie möglich den Hang hinauf und dann ab nach Hause. Ich trat Paddy wieder in die Seiten und riss links am Zügel. »Geradeaus den Berg hinauf, alter Junge. Los.«

Pferde können, wie Hunde oder jedes andere Tier, Angst riechen. Und mit Sicherheit spüren sie, wenn sich ein Unwetter zusammenbraut. Paddy preschte den Hang hinauf. Ich schmiegte mich dicht an seinen Hals und hielt die Zügel umklammert. Wir waren schon halb oben, da passierte es.

Knacks!

Es gibt bestimmte Geräusche, die ich mein Leben lang nicht vergessen werde: Das Klatschen eines Baseballs in meinem Handschuh, das Krachen, wenn ich in einer leeren Eishalle gegen einen Puck dresche, das Knacken von Paddys Bein. Ein leises, schnalzendes Geräusch, wie wenn man eine Karotte zerbricht.

Bevor ich wusste, was es zu bedeuten hatte, knickte Paddy vorn ein und fiel auf die Seite. Ich flog über seine rechte Schulter und sah alles in Zeitlupe – seine Mähne, seine Schulter, die sich seitlich wegdrehte, den Sattel, der unter mir weggezogen wurde. Ich landete in einem Gewirr von Schnee, Pferdemähne und Lederriemen. Paddy lag neben mir und schrie, ein schauerliches schrilles Schreien, wie ich es noch nie gehört hatte. Ich rappelte mich auf. Paddy kehrte mir den Rücken zu, zappelte, schlug nach allen Richtungen aus. Sein rechtes Vorderbein war über dem Huf, direkt über dem Fesselgelenk, gebrochen. Jedes Mal, wenn er ausschlug, schwang der Huf hin und her wie ein Wäschestück im Wind. Ich warf mich zu Boden und schlang die Arme um Paddys Hals. »Paddy! Nicht!«, schrie ich.

Aber sein Maul war vor Schmerz verzerrt, seine Augen quollen hervor. Er riss den Kopf zurück, wälzte sich, versuchte aufzustehen. Er verlor die Balance, verlagerte sein Gewicht auf das gebrochene Bein und stürzte seitlich in den Schnee. Er schrie erneut, stand aber auf und hüpfte wild auf drei Beinen den Hang hinauf, strauchelte erneut, wälzte sich, schlug aus, schleuderte Schneebrocken in die Luft. Der Sattel rutschte auf die Seite, Steigbügel schlenkerten, Zügel peitschten die Luft um seinen Kopf.

Ich kletterte ihm nach, schrie, fiel in den Schnee. Paddy machte kehrt und stürzte den Hang herunter, halb hüpfend, halb rutschend, die Nüstern gebläht, die Augen weit aufgerissen. Er kam direkt auf mich zu. »Paddy!« Ich warf mich zur Seite. Paddy schoss an mir vorbei. Der Sattel hing jetzt unter ihm, die Steigbügel schlugen gegen seine Beine, wirbelten Schnee auf. Paddy taumelte auf die Weiden zu, das Gestrüpp auf der Talsohle. Er durchpflügte den tiefen Schnee, fiel auf die Seite, strampelte. Wieder rappelte er sich auf, machte noch ein paar Sätze, dann blieb er endlich stehen, bis zur Brust in einer tiefen Schneewehe.

Ich rannte und rutschte hinter ihm her. »Paddy, Paddy!« Ich weinte. Er stand mit hängendem Kopf da, seine Flanken hoben und senkten sich. Ich stapfte durch den hüfthohen

Schnee zu ihm und legte ihm eine Hand auf die Kruppe. Er schwitzte vor Angst. Das war gefährlich. Er könnte sich eine Erkältung holen und daran sterben. *Sterben! Mensch, er hat sich das Bein gebrochen!* Mein Gehirn arbeitete auf Hochtouren, aber ich konnte keinen klaren Gedanken fassen. Auf jeden Fall musste ich an Paddys Kopf herankommen, die Zügel ergreifen, ihn beruhigen und verhindern, dass er die Verletzung noch schlimmer machte.

Ich arbeitete mich durch den Schnee zu ihm vor, tätschelte seine Flanke, redete mit leiser Stimme auf ihn ein. »Paddy … alter Junge, keine Bange.«

Langsam ließ ich die Hand über seinen Hals gleiten, strich über sein Gesicht. »So ist es gut, ganz ruhig. Alles in Ordnung.« Ich sah, warum er den Kopf hängen ließ. Die Zügel hatten sich am Boden verfangen. Ich bückte mich, schob mit den Händen den Schnee beiseite. Und dann sah ich sein Bein.

»Hu!« Bei dem Anblick stockte mir der Atem. Das Bein war in einem schrecklichen Winkel nach vorn geknickt. Der gebrochene zackige Knochen war durch die Haut gedrungen und hatte rote Löcher in den Schnee gebohrt. Ich konnte weiß glänzende Sehnen sehen. *Warum schießt kein Blut hervor?*

»Vorsicht, alter Junge, keine Sorge. Ich werde dir nicht wehtun.« Ich fegte den Schnee weg und fasste nach dem Zügel, der sich an einem Zweig verfangen hatte. Langsam zog ich ihn aus dem Schnee, wobei ich unablässig auf Paddy einredete. »Wenn wir hier raus sind, schiene ich dein Bein und gebe dir das beste Futter, das du je in deinem Leben bekommen hast, lieber Paddy. Hafer und Futterbrei mit Äpfeln, einen Riesenhaufen schönes frisches Heu. Das magst du doch, alter Junge?« Ich stand langsam auf, ließ die Zügel los. Paddy atmete immer noch stoßweise und ungleichmäßig. Ich ließ die Hand auf seiner Flanke liegen und ging nach hinten, um den Sattelgurt zu lösen.

»Der Sattel muss runter. Dann fühlst du dich gleich besser, meinst du nicht auch?« Der Sattel steckte im Schnee unter seinem Bauch, die Schnalle des Gurts war auf seinen Rücken gerutscht. Ich öffnete sie, dann zog ich den Sattel vorsichtig unter ihm hervor und warf ihn zusammen mit der Decke in den Schnee.

Eine Minute lang stand ich da, verschnaufte und überlegte. Langsam wurde mir unsere schreckliche Lage bewusst. *Wir sind in ernsten Schwierigkeiten!* Zum ersten Mal an diesem Tag blickte ich auf meine Armbanduhr: 3.30 Uhr. In knapp einer Stunde wurde es dunkel. Ich konnte Paddy nicht allein lassen und Hilfe holen. Wir waren drei Meilen von unserem Haus entfernt und jede Minute konnte ein Schneesturm losbrechen. Außerdem war ich für einen längeren Fußmarsch nicht richtig angezogen und nur Lebensmüde gehen bei einem Blizzard in der Prärie spazieren. Im dichten Schneetreiben konnte ich die Orientierung verlieren und im Kreis laufen, bis ich erfror. Der Wind war noch stärker geworden. Und jetzt setzte auch noch Schneefall ein. Es war zu spät. Ich erstarrte vor Angst.

Ich stellte mir vor, wie Mom und Dad mit sorgenvollen Gesichtern am Küchenfenster standen, vielleicht oben im Schlafzimmer. »Vielleicht kommt Dad mit dem Traktor«, sagte ich laut. Aber das würde Paddy nichts nützen, es sei denn, er brachte den Anhänger mit. Und dazu hatte er nicht den geringsten Grund. Ich wusste, was ich zu tun hatte. Die Frage war nur, wie.

»Wir müssen aus dem Tiefschnee raus, alter Junge.«

Eine Windböe fegte den Hang herunter, peitschte uns Schnee ins Gesicht, kippte mir Schnee in den Kragen. *Mein Hut!* Wieder stieg panische Angst in mir auf. Wahrscheinlich hatte ich ihn verloren, als Paddy stürzte. Irgendwo auf dem Hang. Auch ich schwitzte. *Ich könnte hier draußen erfrieren, wenn ich ihn nicht finde.* Eine Belanglosigkeit, könnte man meinen, aber im Winter können schon kleine Fehler das Leben kosten. »Bin gleich zurück, Paddy.«

Ich zitterte, als ich durch den Schnee, den wir aufgewühlt hatten, den Hang hinaufkletterte. Dort, wo es meiner Meinung nach passiert war, blieb ich stehen, stocherte mit den Füßen im Schnee und fand etwas anderes. Ich sank auf die Knie und schob mit den Händen den Schnee weg. Ein Dachsbau, viel größer als der Bau eines Ziesels, mit einem gefrorenen Kothaufen am Eingang. Der Schnee hatte ihn verdeckt. Ein hässliches schwarzes Loch im Weiß. *Vielleicht wird es mein Pferd das Leben kosten.* Und vielleicht – ich wagte kaum, daran zu denken – *wird es mich das Leben kosten.* Ich stand auf, blinzelte, Tränen liefen mir übers Gesicht. Ich blickte zum Himmel und brüllte: *Zur Hölle mit euch allen!*

Ich hatte mich noch nie in meinem Leben so leer, so einsam

gefühlt, noch nie solche Angst gehabt. Ich fiel auf die Knie und vergrub das Gesicht in den Händen. Scham ergoss sich über mich wie Batteriesäure. *Das war nicht sein Fehler, du Idiot. Es war ganz allein DEINE Idee. DU hast getrödelt. DU hast beschlossen, den Hang hinaufzujagen wie ein Cowboy im Fernsehen.*

Dafür war jetzt keine Zeit. Ich stand auf, entdeckte meinen Hut am Fuß des Hangs neben einem Gebüsch. Ich kletterte hinunter, klopfte den Schnee ab und setzte ihn auf. Das Band war kalt und nass. Ich zitterte. Angst stieg in mir auf, wie eiskaltes Wasser in einem Metallkanister.

Ich muss mich zusammenreißen. Ruhe bewahren. Wir müssen hier rauskommen.

Paddy hatte sich nicht gerührt. Eine dünne Schneeschicht überzog seinen durchhängenden Rücken wie Puderzucker. Ich wischte sie weg und streichelte ihn. Auch er zitterte. Ich stapfte durch die zertrampelte Schneewehe zu seinem Kopf. »Ich muss dir einen Weg bahnen. Du musst unter die Bäume da drüben, die bieten dir etwas Schutz.« Allein das Wort *Schutz* erschien mir übertrieben optimistisch. Es wurde jetzt schnell dunkel und in der Nacht gab es nirgendwo Schutz vor der Kälte. Der Himmel war grauschwarz. Schnee wirbelte über uns und rieselte den aufgewühlten Hang herunter. Unsere Fußabdrücke, alle Spuren von Paddys Unfall, würden bald verschwunden sein. Eine Elster kreischte im Wind. Ich blickte um mich und sah nichts als die gebogenen Wipfel von Bäumen, die in den entschwindenden Himmel ragten.

Ich begann, vor Paddy einen Weg zu spuren. Ich arbeitete mich, die Beine eng zusammen, durch den Schnee und trampelte ihn mit den Stiefeln fest. Mit Händen und Armen schob ich ihn zur Seite. Wir hatten nur ungefähr fünf Meter zu gehen. Doch die große Frage war: Konnte sich Paddy bewegen? Konnte er auf einem Vorderbein hüpfen? Oder würde er wieder durchdrehen und sich noch schlimmer verletzen?

Paddy, der schlaff dalag, sah wie ein kaputtes altes Spielzeug aus. Er hob kaum den Kopf, als ich zu ihm trat. »He, alter Junge. Du musst dich bewegen, nur ein kleines Stück. Danach darfst du dich ausruhen.«

Er lehnte den Kopf an mich, während ich sprach und seine samtige Nase streichelte. »Ich weiß, dass du dich nicht bewegen willst, aber es muss sein. Tut mir Leid.« Meine Augen waren nur zehn Zentimeter von seinem braunen Auge entfernt. *Auf geht's, Kumpel,* sagte mein Blick seinem Auge. Und dann, wie um mir zu antworten, hob Paddy den Kopf und schnaubte.

Ich ergriff die Zügel. »Okay, Paddy, komm mit. Komm.« Ich zog behutsam. Die Zügel strafften sich. Paddy rührte sich nicht, sah mich nur aus traurigen, unergründlichen, schmerzerfüllten Augen an.

»Komm, alter Junge. Es ist deine einzige Chance.«

Und dann ging irgendwas in ihm vor. Ich kann nicht sagen, was. Es war fast so, als werde er wach, als werde er größer. Er bewegte sich. Langsam hob er das rechte Bein, der gebrochene Fuß schlenkerte. Und dann drückte er sich mit dem

linken Bein in die Höhe. Er tat drei Hopser, dann blieb er stehen. Der rechte Huf schwebte über dem Schnee. Paddy atmete wieder schwer. Jede Bewegung bereitete ihm offensichtlich unerträgliche Schmerzen.
»Es tut mir so Leid, dass ich dich in diese Lage gebracht habe, Paddy. Guter Junge. Nur noch ein paar Sätze.« Ich zerrte am Zügel. Wieder spürte ich, wie er sich innerlich aufbäumte. Er wieherte, doch es war kein kreischendes Wiehern, obwohl noch Schmerz darin schwang. Er tat noch einen Hopser, und noch einen, und eine Minute später waren wir unter den Bäumen im Talgrund.
»Braver Junge. Was für ein tolles Pferd du bist, Paddy. Okay, hier werden wir übernachten. Ich baue dir einen Unterstand.«
Die Zeit lief mir davon. Es war fast dunkel. Ich musste Holz und Reisig suchen und damit einen Unterstand bauen, der uns vor Wind und Schnee schützte. Und die ganze Zeit über schwappte, dicht unter der Oberfläche, die Angst in mir wie kaltes Wasser in einem schwarzen Tank, die Angst davor, dass alles umsonst war und dass ich mein Pferd verlieren würde.
»Jetzt legt dich hin, Paddy.« Ich zog an den Zügeln. »Genau hier, mein Junge. Es tut mir Leid, dass es dir wieder wehtun wird. Komm, leg dich hin.« Obwohl er nicht dressiert war, schien er zu verstehen, was ich von ihm wollte. Vielleicht spürte er auch, dass es seine einzige Chance war. Langsam beugte er die hinteren Gliedmaßen und hockte sich in den Schnee. Dann sank er vorn zu Boden, wieherte wieder vor

Schmerz und ließ sich schnaubend auf die rechte Seite plumpsen.

Ich kauerte neben ihm nieder, wischte den Schnee von seinem Kopf, streichelte seine Backen, tätschelte seinen Hals. »Du bist das tapferste Pferd von der Welt.« Er lag einfach nur da und sah mich an. Behutsam nahm ich ihm das Zaumzeug ab.

Dann machte ich mich an die Arbeit. Ich stand auf, klopfte mir den Schnee von den Jeans, die von den Knien abwärts steif gefroren waren, und zog mein Klappmesser aus der Tasche, das Messer mit dem Heft aus Horn, das mir Großmutter letztes Jahr zum Geburtstag geschenkt hatte. Ich hatte eiskalte Finger. Ich fummelte an der großen Klinge herum, schaffte es endlich, sie auszuklappen, und schnitt die Riemen ab, die mit Ringen am Gebiss des Zaumzeugs befestigt waren. Ich fand einen kleinen Baum, knapp drei Zentimeter dick, bog ihn um und knickte ihn ab. Dann zerbrach ich ihn in fünf Teile von jeweils etwa einem halben Meter Länge. Ich kniete mich neben Paddys gebrochenes Bein.

»Das wird jetzt wieder wehtun, mein Junge. Aber es muss sein.« Ich fegte den Schnee von seinem Bein, sah den weißen, schartigen Mittelfußknochen aus der zerfetzten Haut ragen. Ich schob die Hände unter seinem Bein durch. »Tut mir Leid.« Ich schlang den rechten Arm darum und zog an Paddys Huf. Er schnaubte, das war alles. Der Knochen verschwand unter der Haut. Ich zog noch einmal, dann drückte ich mit der linken Hand gegen die Bruchstelle und schob die Knochen zusammen.

»Ich hoffe, das ist besser, alter Junge. Ich habe nämlich keine Ahnung, was ich hier tue.« Vorsichtig legte ich die Stöcke an sein Bein, wickelte mehrmals den Zügel darum und zog die Enden unter dem Riemen durch, damit er straff saß. »Sehr hübsch ist es nicht, aber vielleicht erfüllt es seinen Zweck.«

Und das von einem Typ, der kein Blut sehen kann!

»Okay, machen wir weiter.«

Ich entdeckte zwei kleine abgestorbene Bäume, die halb umgefallen waren. Sie waren nicht ganz zehn Zentimeter dick. Ich brach sie über den gefrorenen, verfaulten Wurzeln ab und schleifte sie zu Paddy. Einen hielt ich an der Spitze hoch, trat mit dem Stiefel gegen den Stamm und zerbrach ihn in anderthalb Meter lange Teile. Drei davon legte ich neben Paddys Kopf, dann nahm ich eine Hälfte des restlichen Zügels und band sie oben zusammen, so dass sie ein Tipi bildeten. Paddy lag reglos da und sah mit müdem Auge zu.

»Braver Junge. Ruh dich aus. Ich bin gleich fertig.«

Wieder nahm ich drei kurze Stöcke zur Hand und errichtete an Paddys Hinterteil ein zweites Tipi. Ich machte mir eine drei Meter lange Stange und legte sie auf die beiden Tipis, so dass sie einen Meter hoch über Paddy schwebte. Jetzt brauchte ich eine Anzahl kurzer Stöcke, Reisig, überhaupt alles, was ich gegen die lange Stange lehnen konnte, um uns ein Dach zu bauen.

Doch die Zeit lief mir davon.

Der Sturm brach los und verscheuchte den letzten Rest Tageslicht. Der Wind pfiff durch die Baumwipfel, Kügelchen aus nassem Schnee prasselten auf uns nieder. Paddy hob den Kopf und wieherte. »Bleib unten, mein Junge. Alles in Ordnung.« Von wegen. Der Sattel! Ich hatte ihn draußen in der Schneewehe liegen lassen. Ich rannte los, um ihn zu holen, stolperte im Dunkeln durchs Gestrüpp. Der Sattel lag unter einer zehn Zentimeter dicken Schneedecke. Ich tastete nach der Decke. Da war sie! Ich schleppte beides durchs Dickicht zu unserem Lagerplatz. »Lagerplatz!«, rief ich laut.

Ich zog den Sattel neben Paddys Kopf und drückte ihn so in den Schnee, dass der Ledersitz in die Richtung zeigte, aus der der Wind kam, und das Schaffell an der Unterseite neben Paddys Kopf zu liegen kam. Vielleicht konnte es sein Gesicht vor dem Wind schützen. Ich griff nach der Pferdedecke. »Okay, alter Junge.« Ich faltete sie auseinander, legte sie ihm über den nassen Hals, die Beine und den Widerrist. Paddy öffnete die Augen.

»Das ist für dich, Kumpel.«

Ich musste den Unterschlupf fertig bauen. Ich hatte keine andere Wahl. Meine Lederhandschuhe waren nass, meine Finger steif, meine Zehen brannten vor Kälte. Bald musste ich eine Pause einlegen und sie massieren, damit sie nicht erfroren, so wie ich es immer tun musste, wenn wir bei dreißig Grad unter null auf Onkel Georges Sumpf Eishockey spielten. Der Wind blies mir Schnee in den Kragen. *Wieso habe ich keinen Schal mitgenommen?* Mom hatte am Ende doch Recht. Mein Leben lang hatte sie mir gepredigt, die Wintermütze aufzusetzen und einen Schal umzubinden. Und mein Leben lang hatte ich gelacht und war ohne zur Tür hinausmarschiert.

Wie ein Blinder tastete ich mich durch die Finsternis, wühlte im Gestrüpp, brach Äste ab, kroch mit ihnen wieder zurück, lehnte sie gegen die Stange über Paddy. Es war eine mühsame Arbeit, und noch hatte ich nichts getan, was den Schnee fern hielt. Und jedes Mal, wenn ich ein paar Ladungen herbeigeschafft hatte, musste ich nach Paddy sehen, ihm Hallo sagen, ihn vom Schnee befreien. Manchmal durchlief ein Zittern seinen Körper. Doch sonst rührte er sich nicht und gab keinen Laut von sich.

Als ich genügend Zweige für das Dach zusammen hatte, kroch ich zu dem Gebüsch am Rand der Bäume zurück. Ich kniete mich hin, riss Sträucher aus und schleifte, weit vornübergebeugt, ganze Arme voll durch das Schneetreiben zurück. Ich legte sie quer auf die anderen Stöcke und drückte sie fest zusammen, so dass eine Art Dach entstand. Ich war hundemüde, aber daran durfte ich nicht denken. Der Unterstand musste fertig werden. Sonst würden Paddy und ich den Morgen nicht erleben.

Es war schwer, sich in der Dunkelheit zu orientieren. Einmal dachte ich, ich hätte mich verirrt, und Angst durchzuckte mich wie ein Stromschlag. *Keine Panik. Rühr dich nicht, bis du weißt, wo du bist.* Eine Minute lang spähte ich in das Schneegestöber, in die Dunkelheit, strengte meine Augen bis zum Äußersten an. Dann endlich machte ich dort, zwischen den dunklen Schatten der Bäume, das dunklere Dach unseres Unterstands aus. *Dass mir das nicht noch einmal passiert.*

Sowie ich die Rückseite des Daches mit Zweigen und Reisig

gedeckt hatte, machte ich mich an die Seitenwände. Ich war mittlerweile erschöpft, nur die Angst trieb mich an. Als ich keine Büsche mehr ausreißen konnte, ging ich hinter den Unterstand und begann, mit den Händen, dann mit meinem Hut nassen Schnee zu schaufeln. Ich hatte noch Glück im Unglück. Es war ein März-Blizzard, und es war nicht so kalt wie im Januar oder Februar. Ich presste den Schnee zusammen und schaufelte weiter, bis Paddy auf drei Seiten durch eine dichte Wand geschützt war.

Zitternd wie ein Traktormotor kroch ich zur Vorderseite des Unterstands. »Alles in Ordnung, Paddy. Ich bin jetzt da.« Paddy machte keinen Mucks. Im Dunkeln konnte ich sein Gesicht nicht sehen. Ich kroch zwischen seine Vorder- und Hinterläufe, bis zu seinem Bauch, befreite ihn vom Schnee und tätschelte ihn. »Was meinst du, alter Junge? Ob uns das bis morgen früh am Leben erhält?« Noch immer kein Laut, keine Bewegung. Ich hockte mich in den Schnee und lehnte mich gegen seinen Bauch, gab aber Acht, dass ich nicht gegen sein Bein stieß.

Ich war fix und fertig. Ich hatte mein Möglichstes getan, aber es hatte mich viel gekostet. Mein Haar war klatschnass vom Schnee und vom Schweiß. Ich hatte viel Körperwärme verloren. Ich zitterte, meine Zähne klapperten. Ich drückte mir den kalten, nassen Hut tiefer ins Gesicht, fasste in meine Jacke und zog mir den Pullover bis unters Kinn. Ich schlug den Kragen meiner Jacke hoch und hob die Schultern so weit wie möglich. Jetzt musste ich etwas gegen das taube Gefühl in meinen Zehen unternehmen. Ich ballte die Fäuste und trommelte auf meine Knie, damit sich die Vibrationen bis in meine Stiefel ausbreiteten und die Blutzirkulation anregten. Das war auch gut für meine Finger. Nach ein paar Minuten konnte ich sie wieder spüren, einen pochenden Schmerz. Mit dem Rücken an Paddys Bauch gelehnt, versuchte ich, wie ein Schwamm seine Wärme aufzusaugen, auch wenn ich selbst welche an ihn abgab. »Vielleicht retten wir uns gegenseitig, alter Junge.«

Schneeflocken schwirrten um uns herum wie Kriebelmücken. Schneewehen türmten sich in der Dunkelheit auf. Ich spürte sie an Paddys Hinterhand. Das Geräusch glich einem dröhnenden Zischen, einem auf volle Lautstärke gedrehten Flüstern. Äste knarrten, Schneekügelchen prasselten gegen die Bäume über uns. »Mensch, Paddy, ich wünschte, du hättest die Heizung aufgedreht.«

Und dann durchzuckte mich ein wunderbarer Gedanke. »Ich hab ja Streichhölzer!« Sie steckten in der Tasche meines Hemdes. Ich hatte einen Zigarillo rauchen wollen, dann aber nicht mehr daran gedacht. »Alles wird gut!« Doch ein Windstoß erstickte alle meine Hoffnungen im Keim. *In dem Blizzard schaffe ich es nie, ein Feuer zu entzünden. Vielleicht, wenn der Wind nachlässt – vorausgesetzt, wir leben dann noch.* Ich wurde mutlos, während ich mich auf der Suche nach Wärme, nach Trost, nach irgendwas in mich selbst versank.

In der tiefen, furchtbaren Dunkelheit enthüllte sich mir langsam die Wahrheit. Ich dachte an Harrys Predigt – war das erst heute Morgen gewesen? Ich fragte mich, wie spät es wohl war. Im Dunkeln konnte ich meine Armbanduhr nicht sehen. Ich fragte mich, wie viel Zeit mir noch blieb, uns blieb. Ich spürte Paddys Bauch, konnte seine Wärme spüren, seinen schwachen Herzschlag. Ich dachte an die Nägel in der Tür meiner Seele. Ich dachte an die Geschichten, mit denen ich aufgewachsen war: Geschichten von betrunkenen Jägern, die unten am Fluss mit ihrem Wagen liegen geblieben waren und am nächsten Morgen im Schuppen einer verlassenen Farm aufgefunden wurden, erfroren, die Beine in Teerpappe gewickelt, einen Haufen Streichhölzer zu ihren Füßen. Sie hatten zu kalte Hände gehabt, um sie anzustreichen. Oder von dem Farmer, der sich auf dem Weg vom Haus zur Scheune im dichten Schneetreiben verirrte und erst am nächsten Morgen von seiner Frau gefunden wurde, eine gefrorene Skulptur, die an einem Stacheldrahtzaun hing. Er hatte die Scheune um keine zehn Meter verfehlt. *Muss ich jetzt für meine Sünden büßen? Für all die Nägel in der Tür? Wird man mich erfroren und zusammengekrümmt neben meinem Pferd finden? Werden uns vorher die Kojoten finden?*

Ich begann, die Nägel zu zählen. Heute Morgen hatte ich zu Nicky wieder etwas Gemeines gesagt. Wann war ich eigentlich das letzte Mal nett zu ihr gewesen? Ich schätze, als sie drei war. Ihrer Puppe war der Kopf abgegangen. Ich hatte sie repariert, ihr einen Kuss auf die Stirn gegeben und aus irgendeinem Grund gesagt: »Sag Mom nichts davon.« Seit damals hatte ich ihr das Leben schwer gemacht. Einmal, als sie auf dem Dreirad saß, stieß ich sie einen Hang runter, und sie fuhr gegen einen Zaun. Die Wunde an ihrem Bein musste mit dreiundzwanzig Stichen genäht werden. Es waren immer solche Sachen: Mal setzte ich ihr eine lebende Maus auf den Rücken, mal legte ich ihr ein totes Huhn ins Puppenhaus. Was große Brüder eben so machen. Wie ich jetzt so dasaß, widerte mich das an.

Tracey-Lynn war für solche Streiche noch zu jung. Doch ich hatte Gemeinheiten zu ihr gesagt, weil sie eine Brille trug. Und ich nannte sie blöde Kuh, wenn sie Klavier übte. Mom war darüber erbost, weil Tracey-Lynn gerade erst anfing. Ansonsten beachtete ich sie nicht. Im Grunde genommen kannte ich meine jüngere Schwester überhaupt nicht.

Mom! Sie musste inzwischen krank vor Sorge sein. Ich sah sie vor mir, wie sie sich die Augen ausweinte, und im Haus brannten alle Lichter für den Fall, dass ich durch den Blizzard irrte. Sie telefonierte mit allen Nachbarn, um herauszufinden, ob wir irgendwo Unterschlupf gefunden hatten und was zu tun war, wenn nicht. Ins Freie konnten sie erst, wenn der Sturm abgeflaut war. Das machte mich wahnsinnig. *Es muss furchtbar für sie sein.* Ich dachte daran, wie oft sie sich meinetwegen hatte Sorgen machen müssen. Wie damals, an jenem Sonntag, als sie eine Menge Leute zum Essen eingeladen hatte und ich mich in der Hundehütte versteckte. Ich kam nicht, als nach mir gerufen wurde. Sie suchten die ganze Farm nach mir ab. Frauen weinten, Männer machten grimmige Gesichter – bis mich jemand niesen hörte. Am Abend bekam ich eine Tracht Prügel und musste mit leerem Magen ins Bett.

Ich dachte an Mom und ihren Garten und an das mühsame Unkrautjäten und Gießen. Und daran, wie sehr ich diese Arbeit hasste und immer meckerte, wenn ich jäten musste. »Wie ich feststelle, meckerst du nie, wenn es etwas zu essen gibt«, fuhr sie mich eines Tages zornig an. Sie sagte immer, ich könnte glatte Einsen bekommen, wenn ich nur wollte. Es überraschte mich immer, wie enttäuscht sie war, wenn ich hauptsächlich Zweien und Dreien nach Hause brachte. Ich wusste, ich hätte bessere Noten bekommen können, aber Dad hatte Recht. Ich war faul.

»Mit zehn warst du fleißiger als heute«, hatte Dad erst neulich gesagt. Wir schaufelten Weizen im Silo und arbeiteten, bis zu den Hüften versinkend, in der Nähe der Pfosten, die den Speicher zusammenhalten. Am Abend davor war ich mit den Jungs rumgezogen und hatte Gin Lemon und billigen Kirschlikör getrunken.

Ich wurde nicht zum Farmer erzogen, doch es wurde von mir erwartet, dass ich mit anpackte. Trotzdem hatte ich nur Baseball, Eishockey oder Football im Kopf, je nachdem, welche Sportart gerade Saison hatte, und wenn ich mal nicht spielte oder trainierte, mit meinen Cousins Blödsinn machte oder Mädchen nachstieg, saß ich in meinem Zimmer oder lag in der Schlafbaracke und schmökerte in einem Buch. Plötzlich kam mir der Gedanke, dass ich kein besonders guter Sohn war. In einem schrecklichen Moment fragte ich mich, ob Dad sich von mir im Stich gelassen fühlte. »Ohhh«, stöhnte ich tief beschämt.

Paddy antwortete mit einem Schnauben. Er bewegte sich.

Ich spürte, dass er den Kopf etwas hob. Ich drehte mich zu ihm hinüber und stellte dabei erschrocken fest, dass ich ganz steif war, obwohl ich neben ihm gekauert hatte. »Alles in Ordnung, Paddy. Geht es dir gut? Braves Pferd.« Und dann: »Ich hab dich gern, Paddy.« Wieder verspürte ich Reue. Ich dachte daran, wie selten ich mit ihm ausgeritten war, diesem lieben Kerl, um den ich so lange gebettelt, für den ich so hart gearbeitet hatte.

»Du musst für ihn sorgen«, hatten sie gesagt.

»Das werde ich«, hatte ich versprochen. Und ich dachte daran, wie ungepflegt er aussah. Seit Tagen, vielleicht sogar seit Wochen hatte ich ihn nicht mehr gestriegelt. Seine Hufe mussten dringend beschnitten und von einem Hufschmied wieder in Ordnung gebracht werden. »Ich habe dich nicht verdient, Paddy. Du bist so toll, ich habe dich nicht verdient.« Ich lehnte mich gegen ihn, schmiegte das Gesicht an seinen feuchten, zitternden Bauch.

»Wenn wir hier heil herauskommen, werde ich dich verwöhnen, alter Junge.« Ich streichelte ihn, wischte ihm wieder den Schnee ab. Aus irgendeinem Grund dachte ich an meine Pauker und an die dicke alte Mathelehrerin, die ich immer ärgerte.

»Sie versucht nur, mir etwas beizubringen, was ich später vielleicht mal gebrauchen kann, und ich mache ihr das Leben so schwer, dass sie es wahrscheinlich kaum erwarten kann, nach Hause zu kommen.« Ich sprach jetzt laut, wurde mit jeder Minute trauriger bei dem Gedanken, dass ich mich mein Leben lang wie ein Volltrottel benommen hatte. Und

jetzt vielleicht in einer verdammten Schneewehe erfrieren musste.
Die Reue, die eisig in mir hochkroch, die Angst, die Kälte – das alles machte mich schläfrig. Das Heulen des Sturms war wie ein betäubendes Schlaflied, der Schnee ein weiches, todbringendes Federbett. *Na ja, vielleicht ergeht es allen so, die im Schneesturm umkommen. Man gleitet einfach in einen Traum hinüber.*
Du darfst nicht einschlafen!
Ich sprang auf, oder versuchte es zumindest Ich kauerte vor dem Schrägdach, versuchte, meine Glieder zu strecken. Ich war ganz steif gefroren. Meine Zehen waren mittlerweile ganz taub und meine Finger auch. »Ich erfriere!« Meine Worte kamen mir wie ein leises Murmeln vor. Ich musste etwas tun. *Stirbt auch Paddy langsam in der Dunkelheit?*
Er könnte hier sterben und ich merke es nicht einmal! Ich ging wieder in die Knie und rutschte zu seinem Kopf.
»Paddy, bist du okay?« Ich betastete sein Gesicht, wischte einen Schneehaufen von seinen Ohren. Keine Antwort. Ich beugte mich zu ihm hinunter, legte das Ohr auf seine Nüstern. Er atmete noch!
»Stirb mir bloß nicht, Paddy. Bitte, stirb nicht. Es tut mir so Leid, dass ich dich in diesen Schlamassel gebracht habe. Es tut mir so Leid.« Paddy antwortete mit einem kurzen leisen Schnauben. Es klang wie Musik in meinen Ohren.
»Okay, alter Junge. Toll. Jetzt muss ich was für mich tun.«
Ich stand auf. Ich begann, auf der Stelle zu hüpfen. Abwechselnd spreizte und schloss ich die Beine und bei jedem Hop-

ser schwang ich die Arme zur Seite. Wie hieß diese Übung noch mal? *Mein Verstand. Ich kann nicht mehr denken. Mein Gedächtnis lässt mich im Stich.*

Und dann musste ich laut lachen. Ich dachte an Onkel Norman. Er hätte jetzt irgendeinen trockenen Spruch losgelassen und ich hätte mich vor Lachen gekugelt. Ich bekam wieder ein Gefühl in den Zehen. Meine Finger schmerzten und das war ein gutes Zeichen. Ich fragte mich, wie spät es wohl war. *Wie lange ist es noch bis zum Morgen? Was, wenn der Sturm drei Tage anhält?*

Vielleicht ist es immer so, wenn Menschen in Lebensgefahr geraten. Sie fangen an, Entscheidungen zu treffen, die ihnen schwer fallen, obwohl … so schwer fallen sie einem auch wieder nicht. Plötzlich war der Gedanke einfach da. Vielleicht war er schon vorher da gewesen, hatte eine Zeit lang im Dunkeln gelauert. Aber jetzt wusste ich, was ich zu tun hatte und wie ich meine Chancen, den nächsten Morgen zu erleben, verbessern konnte.

»Tut mir Leid, alter Junge, aber es muss sein.« Ich hockte mich zwischen Paddys Vorder- und Hinterbeinen in den Schnee und zog mir die Satteldecke über die Schultern, so dass nur seine Beine und sein Widerrist zugedeckt blieben. Dann schob ich die Füße zwischen seine Hinterbeine, dorthin, wo normalerweise sein Hoden gewesen wäre. Er regte sich nicht. Ich kugelte mich zusammen und schmiegte mich seitlich an seinen Bauch, verschränkte die Arme vor der Brust und hielt mit den Händen die Decke an meinen Hals. Nein, so ging es nicht. Ich zog die Hände hervor und drückte sie gegen Paddys Bauch. Schon besser. Meine linke Seite war fast warm. Doch auf der rechten Seite fror ich.

Ich kann mich später umdrehen. Ich glaube, in dem Augenblick bin ich eingeschlafen.

Bilder stiegen in mir auf. Höhnisch grinsende Menschen. Ein Eishockeytrainer, der »Back-check!« brüllte. Mom, die mich anstarrte: »Du könntest eine glatte Eins haben!« Harry, der mit zerzaustem Haar und einem riesigen Hammer auf der Kanzel stand und Nägel spuckte. Ein Weihnachtsbaum. Meine gesamte Familie. Bunte Lachblasen stiegen in den Lichtern auf. Großmutter, die sagte: »Du hättest mich ruhig öfter besuchen können.« Dad mit seiner Schaufel, die Stirn in Falten, bis zum Hals im Weizen. Immer tiefer sinkend, rief er: »Du musst schneller schaufeln!« Der Hufschmied mit seinem Lederschurz. Die Zange an Paddys Huf, schüttelte er den Kopf und schnauzte mich an. Der Tierarzt, ganz in Weiß, mit einer riesigen Spritze, aus der der Tod herausspritzte. Er stieß sie in Paddys Hals, und das Zeug spritzte auf Paddys Nase, in seine tränenden Augen. Spritzte in meinen Mund, schmeckte wie Essig. Ich sank, sank in weiche Wolken, ließ mich im Weiß treiben. Ich war fallender Schnee, der leise ins Nichts rieselte.

Ich erwachte mit einem Ruck. *Was ist los?* Panik. *Wie lange? Bin ich erfroren? Was ist mit meinen Füßen? Sind sie okay? Mit meinen Händen?* Und dann Erleichterung. Ich war noch am Leben. *Bin ich nur kurz eingedöst? Ich habe das Gefühl, es war länger. Was für ein furchtbarer Traum!* Ich setzte mich auf. Irgendwas war anders. Ich sah mich um. Immer noch pechschwarze Nacht. *Paddy! Ist er tot?* Ich zog meinen Handschuh aus und legte ihm die Hand auf die Seite. Er fühlte sich warm an. Er atmete. Und dann hörte ich es – es war still! Das Heulen des Windes hatte aufgehört. Das Gezisch der Schneeflocken. Der Sturm hatte sich gelegt. Leise Hoffnung regte sich. »Jetzt kann ich ein Feuer machen, Paddy, alter Junge! Das ist unsere Chance.« Und dann: »Durchhalten, Kumpel. Durchhalten.«

Es war schwierig. Ich hatte jedes Stück Holz, das ich finden konnte, für den Bau des Unterstands verwendet. Und bei der Dunkelheit durfte ich mich nicht allzu weit entfernen. Ich konnte nur im Schnee um uns herum nach Holz tasten, das ich übersehen hatte. Ich kroch auf allen vieren aus dem Unterstand und buddelte im Schnee ein Loch für das Feuer. Jeden Zweig, jeden kleinen Ast legte ich daneben auf einen Haufen. Der Boden des Lochs bestand aus gefrorenem Laub. Das würde nass werden. Ich musste Holz darüber schichten und darauf das Feuer machen. *Wie viele Streichhölzer habe ich?* Nicht viele. Nur eine Hand voll. So ein Leichtsinn.

Ich rutschte im Schnee herum, fand zunächst aber nichts. Dann, bingo! Ein dicker Ast unter einer dreißig Zentimeter dicken Schneedecke. Ich zog daran. Nach dem Gewicht zu urteilen, ein langer. Ich zog ihn aus dem Schnee, tastete mich an ihm entlang, brach Zweige ab und hielt sie fest umklammert aus Angst, ich könnte sie fallen lassen und dann nicht wieder finden. Es war gut, etwas zu tun, ich schöpfte wieder Hoffnung.

Der Ast hatte viele Zweige. Ich schleifte ihn zum Unterstand, drehte ihn um und legte ihn mit dem dünneren Ende neben die Feuerstelle, so dass ich die Zweige abbrechen und damit einen Holzstoß errichten konnte. Meine Hände waren immer noch steif vor Kälte. Meine Handschuhe waren fast unbrauchbar. Ohne das Wollfutter hätte ich es nicht mehr lange gemacht. Trotzdem musste ich alles vorbereiten, bevor ich es riskieren konnte, sie auszuziehen und mit den Streichhölzern zu hantieren.

Ich musste an eine Geschichte von Jack London denken. Ein Goldsucher wurde von einem Unwetter überrascht und trat bei fünfundsechzig Grad unter null mit dem Fuß in einen Bach. Es war so kalt, dass er die Streichhölzer nicht festhalten konnte. Und als er endlich ein Feuer in Gang gebracht hatte, fiel Schnee von einem Nadelbaum und löschte es. Sein Hund saß da und sah zu, wie er erfror. Ich zog vorsichtig meine Handschuhe aus.

Ich legte den Boden des Loches mit kleinen Stöcken aus. Dann schichtete ich Zweige darüber. Unter dem Schnee war Gras. Ich rupfte ein paar Halme aus, wickelte sie mir um die Finger und drückte sie zu Knäueln zusammen. Dann errichtete ich über dem Gras aus kleinen Zweigen eine Pyramide und schichtete immer dickere darüber. Die größeren legte ich beiseite. Ich kramte mein Taschenmesser hervor und tastete im Dunkeln nach einem dickeren Ast. Zunächst schälte ich sorgfältig die Rinde ab, dann drückte ich die Klinge ins Holz und schnitt einen Holzspan ab, der so dünn war, dass er sich kringelte. Ich verschob die Klinge ein paar Zentimeter, schnitt wieder ins Holz und löste einen zweiten Span.

Das wiederholte ich immer wieder, wobei ich mehrmals abrutschte und mich beinahe geschnitten hätte. Ab und zu musste ich eine Pause einlegen, um mir die Finger zu wärmen. Nach einigen Minuten hatte ich mir einen Zunderstock geschnitzt, so wie Dad es mir beigebracht hatte. Nur hatten wir es nie in stockdunkler Nacht gemacht. Und nie im Winter. Ich legte den Stock auf die Zweige, damit die Flammen, die aus dem Gras züngelten, die Späne erfassen konnten.

Meine Finger waren ganz taub. Ich schob die Hände in die Taschen, um sie zu wärmen, bevor ich einen Versuch mit den Streichhölzern machte. Mit einem Mal begriff ich, wie kostbar diese Streichhölzer waren. Ein Holzstäbchen mit einer Kuppe aus Chemikalien konnte mir und Paddy das Leben retten. Ich fischte sie aus meinem Hemd und zählte sie. *Sieben. Eine Glückszahl.* Ich beugte mich über die Feuerstelle und wartete, bis meine Finger bereit waren. Ein Geräusch ließ mich aufschauen. Nachwehen des Sturms zogen vorüber. Zwischen den dunklen Bäumen konnte ich Sterne in den Wolkenlöchern erkennen. Und im Westen, am Rand der Wolkendecke, einen Silberstreif Mondlicht.

Ich rieb das Streichholz am Reißverschluss meiner Jeans. Es flammte mit einem kleinen Lichtblitz auf, der mich nach der langen Arbeit im Dunkeln überraschte. Ich schützte die Flamme mit der hohlen Hand, führte sie zum Holzstoß und hielt sie ans Gras. Ein kurzes Zischen, ein Rauchwölkchen, und das Streichholz erlosch. *Da waren's nur noch sechs.*

Und in diesem Augenblick jaulte ein Kojote. Ein zweiter antwortete. Und nicht weit entfernt. Eine Sekunde lang hielt ich den Atem an, dann rief ich mir in Erinnerung, dass Kojoten keine Wölfe sind. Und dass auch sie Angst vor Menschen haben. *Aber wie hungrig sind sie? Noch ein guter Grund, ein Feuer in Gang zu bringen.*

»Verdammt!« Ich hatte das zweite Streichholz in den Schnee fallen lassen. Ich hatte es zu weit vorn gehalten und mir die Finger verbrannt. Ich wurde nervös. Das dritte flackerte auf und erlosch gleich wieder. Meine Rettungsleine wurde kürzer. Im Dunkeln tastend, schob ich die Zweige auf dem Stoß etwas auseinander, damit das Feuer mehr Luft bekam. Ich drückte den Zunderstock tiefer ins Gras. Nummer vier. Meine Hand zitterte. Ich entzündete das Streichholz und hielt es sofort schräg nach unten, damit die Flamme am Holz hochlecken konnte und mehr Nahrung fand Ich hielt es an den Zunder. Ein Rauchwölkchen, ein gekringelter Span begann zu glühen, dann ein zweiter. Plötzlich züngelte eine kleine Flamme, nicht größer als bei einer Kerze. Ich hielt den Atem an. Behutsam wie ein Chirurg hielt ich etwas Gras und einen Zweig an die Flamme. Sie fingen Feuer.

Eine Minute später hatte ich ein kleines Lagerfeuer. Aber noch konnte ich nicht aufatmen. Ich tastete nach den Zweigen, die ich auf die Seite gelegt hatte, klopfte den Schnee ab und legte sie, sachte in die Flammen blasend, vorsichtig auf, wobei ich jeden genau im Auge behielt. Das Holz war feucht. Kleine Dampfkringel stiegen auf. Ich begann, die Rinde abzuschälen. Rasch schnitt ich mit dem Messer in die Zweige und legte das trockene Innere frei. Fünf Minuten lang musste ich dem Feuer ein bisschen nachhelfen, dann

brannte es richtig. Ich tastete nach mehr Holz. Nach dickeren Zweigen. Und dann teilte mir das erste Knacken mit, dass es geschafft war. Ich schichtete alles, was ich gefunden hatte, aufs Feuer. Ich errichtete ein Blockhaus um die Flammen, so dass sie das Holz trockneten, wärmten und schließlich in Brand setzten. Funken stoben in die Nacht und gaben mir Zuversicht. Ich hielt die Hände direkt in die Flammen. Sie waren so kalt, dass ich überhaupt keinen Schmerz spürte. Ich rieb sie. Erst dann entfuhr mir ein kurzer Seufzer der Erleichterung. *Vielleicht überleben wir doch noch.*
Aber ich brauchte mehr Holz. Die Flammen leckten dreißig Zentimeter hoch und zum ersten Mal seit Einbruch der Dunkelheit konnte ich die Bäume um uns herum sehen. Und die Schneewehen, die der Sturm aufgetürmt hatte. *Mein Gott! - Wir waren eingeschlossen!* Das Schrägdach war unter Schnee begraben und sah mit den Schneehaufen, die es auf beiden Seiten umschlossen, wie eine Höhle aus. Ich konnte Paddy schwach erkennen, eine weiße Gestalt im Dunkeln. Regungslos.
»Paddy? Bist du noch am Leben, alter Junge?« Mir stockte der Atem, als ich mich über ihn beugte. Ich wartete.
Sein Kopf bewegte sich, sein Auge öffnete sich. »Mein Gott, Paddy. Danke. Danke, dass du nicht tot bist.«
Ich rutschte zur Seite, damit er besser sehen konnte. »Sieh doch, wir haben ein Feuer, Kumpel. Das wird uns bis zum Morgen am Leben erhalten. Bis sie kommen.«
Ich stand auf. Die Flammen warfen wild tanzende Schatten auf die nächsten Bäume, schlugen aber kaum eine Bresche

in die schwarze Wand dahinter. Ich ging zu einer kleinen Birke, die ich zuvor nicht gesehen hatte, und drückte gegen den Stamm. Er gab nicht nach. Ich versuchte es mit einem anderen Baum, einem dünnen Ahornbaum. Er knackte. Ich packte ihn mit beiden Händen, bog ihn kräftig hin und her und brach ihn knapp über dem Boden ab. Wir hatten Glück. Er war so hoch, dass ich den Wipfel im Dunkeln nicht sehen konnte, an die sieben Meter. Ich schleifte ihn zum Feuer. Ich lehnte ihn gegen zwei Bäume und trat gegen den Stamm. Er wollte nicht zerbrechen. Daraufhin legte ich ihn quer über das Feuer, damit er zu brennen anfing und später in der Mitte auseinander brach, so dass ich die beiden Hälften in die Flammen schieben konnte. Das Feuer eines Faulpelzes.

Das Feuer brannte mittlerweile gut. Ich fror noch immer an Händen und Füßen, und da der Himmel aufklarte, war mit sinkender Temperatur zu rechnen. Ich setzte mich ans Feuer und rückte so nah wie möglich an die Flammen heran, um mir die Füße zu wärmen. Die nassen Handschuhe hielt ich direkt in die Flammen. Dampf quoll aus ihnen hervor. Die Wärme war eine Wohltat in meinem Gesicht. Mit glasigen Augen stierte ich ins Leere. Und dann – *Hat da nicht was gefunkelt? Unter den Bäumen, direkt hinter dem Lichtschein. Habe ich etwas gesehen? Kojotenaugen? Scheiße. Könnte sein. Wissen die denn nicht, dass sie sich an uns den Magen verderben?*

Vielleicht waren es nur Funken, vielleicht war ich nur zu übermüdet. Die Flammen schlugen fast einen Meter hoch, das feuchte Holz knackte und zischte. *Meine Uhr! Die hatte ich ganz vergessen. Halb sechs! Konnte das stimmen? Noch zwei Stunden, bis es hell wird. Das Holz reicht nicht. Vielleicht schaffen wir es doch nicht. Tut mir Leid, Leute. Tut mir Leid für alles. Vielleicht bekomme ich keine Gelegenheit, mich zu bessern.* Die Lider wurden mir schwer. Die Augen fielen mir zu. Ich kippte nach vorn, musste in den Schnee fassen, damit ich nicht in die Flammen fiel. *Ich brauche etwas Schlaf.* Ich kroch zurück in den Unterstand, schob die Füße wieder zwischen Paddys Beine und schmiegte mich an mein halb totes Pferd. »Nur ein bisschen ausruhen, Paddy. Nur eine Minute, dann hole ich mehr Holz, alter Junge. Stirb mir jetzt bloß nicht. Bitte, stirb nicht.«

Das Letzte, was ich aus dem Augenwinkel in der schwarzen Wand hinter den Bäumen sah, waren zwei glühende gelbe Augenpaare, die den tanzenden Feuerschein reflektierten.

Ein Surren, wie von einer Stechmücke in einer heißen Sommernacht. Es wollte nicht aufhören. Wurde lauter und lauter. Und dann ein Brummen. Ich schlug die Augen auf. Blendendes weißes Licht. Blau. Das Brummen war noch da. Dann ein roter Blitz über den Bäumen. Ein großer und breiter roter Flügel. *Gunnar!*

Sein Flugzeug erfüllte das Tal mit Lärm. Sie suchten nach mir. Es verschwand hinter dem Hügel, mit ihm das Gedröhn. »Gunnar!« Ich wollte schreien, doch ich brachte nur ein heiseres Krächzen hervor. Ich wollte aufspringen, doch ich war steif und völlig durchgefroren. Selbst meine Jeans waren steif gefroren. Paddy war mit Schnee bedeckt. *Tot?* Die ganze

Welt war weiß, und aus meinem fast erloschenen Feuer stieg noch dünner Rauch auf, ringelte sich wie von einer Zigarette in das Blau darüber. Mein Herz klopfte.
»Paddy, Paddy. Sie haben uns gefunden.« Ich wälzte mich herum, stand schwankend auf und wäre um ein Haar ins Feuer gestürzt. Wie ein Betrunkener torkelte ich zu dem Weg, den ich letzte Nacht in den Schnee getrampelt hatte. Doch da war kein Weg mehr, nur eine drei Meter hohe weiße Wand. Ich machte kehrt und stolperte auf die andere Seite, zu der dem Wind abgewandten Seite des Tals, bahnte mir einen Weg zwischen den Bäumen hindurch, dann durchs Gestrüpp hinaus in den strahlenden Sonnenschein. Wieder das Brummen. Das Flugzeug kam zurück. Halb kriechend, halb rudernd erklomm ich den zwei Meter hohen Schneehaufen. Ich schrie. Ich weiß nicht, was.
Diesmal flog die Maschine tiefer, vielleicht in dreißig Metern Höhe, schnitt einen roten Kreis in den blauen Himmel. Ich konnte Gunnar am Fenster erkennen. Ich stand brüllend auf dem Schneehaufen und winkte mit den Händen über dem Kopf. Gunnar winkte zurück, wackelte kurz mit den Tragflächen und verschwand wieder. *Er hat mich gesehen.* Auf allen vieren kroch ich den Hang hinauf aus dem Tal. Gunnar wendete und kam zurück. Die roten Tragflächen neigten sich leicht und die silbernen Schneekufen glitzerten in der Sonne. Er war noch tiefer gegangen und überflog mich in höchstens zwanzig Metern Höhe. Ich winkte, kreischte, heulte. Das Dröhnen übertönte mich. Ich sah, wie er das Fenster öffnete und etwas herauswarf. Ein weißes Band ent-

rollte sich wie der Schwanz eines Drachens und sank, ein langer und dünner Streifen, langsam zu Boden – Toilettenpapier.

Ich brach in Lachen aus. Gunnar und Maggie waren mit Dad und Mom befreundet. Sie wohnten nur zwei Meilen entfernt. Gunnar warf oft eine Klorolle ab, wenn er unsere Farm überflog. Wir rannten dann ins Freie und holten sie, denn auf die ersten Blätter hatte er immer eine Nachricht geschrieben wie »Der Kaffee ist gleich fertig« oder »Wie wär's mit einer Partie Golf?« Langsam wickelte sich die Rolle ab und schwebte auf mich zu. Ich rannte los, um sie zu holen, während Gunnar erneut eine Schleife flog und zurückkam. Die Luftschlange zerknautschte im Schnee. Ich hob sie auf, holte sie ein wie eine Angelschnur und suchte nach dem Anfang. Und der Nachricht. Hastig hatte er hingekritzelt: »Gott sei Dank, du lebst.«

Ein anderes Geräusch drang an mein Ohr. Ich schaute auf. Ein Traktor, ein grüner John Deere, kam über die Hügelkuppe auf mich zu. Offensichtlich hatten sie gesehen, wie Gunnar gewendet und das Klopapier aus dem Fenster geworfen hatte. Jenseits des Tals tauchten zwei gelbe Motorschlitten auf. Ich winkte wieder. Der Traktor gehörte uns. Ich konnte sehen, wer im Führerhaus saß. Dad! Und neben ihm saß Mom. Der starke Dieselmotor hustete Rauch, als Dad auf die Tube drückte. Die großen schwarzen Räder drehten ein paar Mal durch, als sie auf mich zurollten. Sie blieben stehen. Gleich dahinter kamen Onkel George und Onkel Norman auf ihren Schneemobilen angebraust.

Die Tür des Führerhauses schwang auf. Dad lächelte, seine Unterlippe zitterte. Mom heulte wie ein Schlosshund. Die Hitze aus dem Motor und der Kabine schlug mir wie eine weiche warme Wand entgegen.

»Paddy hat sich ein Bein gebrochen«, schrie ich gegen den Lärm an. »Es tut mir Leid. Wir sind zu lange geblieben und dann ist er in einen Dachsbau getreten. Dann brach der Sturm los, und ich konnte ihn nicht allein lassen, und ich weiß nicht, ob er noch lebt, aber ich habe einen Unterstand gebaut und später, als der Wind nachgelassen hat, ein Feuer gemacht, jetzt liegt er da unten und ist ganz mit Schnee bedeckt ...«

Dad sprang herunter, schlang die Arme um mich und drückte mich so fest wie noch nie. Mom folgte ihm mit einer Decke im Arm. Sie legte sie mir um die Schultern. »Eric, wir dachten schon, du bist tot.« Die Tränen flossen in Strömen, als sie mein Gesicht streichelte. »Hast du dir nichts erfroren?«

»Mein Junge«, rief Onkel George in seiner schwarzen Motorschlittenmontur. »Welch eine Freude für meine müden, alten Augen. Alles in Ordnung?«

Ich nickte. Doch ich spürte meine Zehen nicht mehr.

»Was ist los? Glaubst du etwa, wir haben allzu viel geschlafen?« Norman legte mir lachend den Arm um die Schulter. »Am besten, du kletterst ins Führerhaus und wärmst dich auf.«

Doch ich konnte nicht. Noch nicht. »Paddy liegt da unten«, sagte ich und deutete hin.

»Lebt er noch?«, fragte Dad.

»Ja. Vielleicht. Ich weiß nicht.« Und dann: »Ich glaube, ich habe mein Pferd getötet.«
»Du steigst jetzt ein«, sagte Mom. »Ich habe da drin einen Haufen Decken. Wir gehen nachsehen.«
»Nein, ich will mitkommen.« Ich riss ihr eine Decke aus der Hand. »Gehen wir.«
Wieder stieg Angst in mir auf und begrub meine Hoffnung, als ich sie rutschend ins Tal führte. Norman, mit grimmiger Miene jetzt, trug ein Gewehr in der Hand. Wir stapften durch den Schnee zu dem kleinen Lager, in dem ich die längste Nacht meines Lebens verbracht hatte. Paddy war nur noch ein Schneehaufen in einem Meer von Schneewehen. Zwischen ihm und dem Dach war nur ein schmaler dunkler Zwischenraum.
Nur der Sattel, der seltsam auf der Seite lag, ließ erahnen, dass dort etwas war. Ich rannte hin und kniete neben Paddy nieder.
»Sieh dir sein Bein an«, sagte ich zu Dad, der neben mich trat. Ich wischte etwas Schnee beiseite. Dad verzog das Gesicht, als er die Schiene sah. Paddys Kopf war voller Schnee. Ich fegte ihn sachte weg.
»Paddy? Paddy, alter Junge, wach auf.« Seine Augen, seine Ohren, sein Maul, alles war voller Schnee. Um seine Nüstern hatte sich Eis gebildet. Ich wischte den Schnee von seinem Auge. Es blieb geschlossen.
»Oh, Paddy, bitte, wach auf«, flehte ich. Ich wischte den Schnee von seinem Ohr. Und dann zuckte er.
»Er lebt!«

Paddy schnupperte leise. Ein wunderbares Geräusch. Und dann … öffnete er sein Auge.

Ich schaute auf. Vier Erwachsene standen um mich herum, grinsten, wischten sich Tränen aus den Augen, Norman mit dem Gewehr in der Hand.

»Das Ding da wirst du nicht brauchen«, sagte ich. »Dafür werde ich schon sorgen.«

Knutschen mit Louise

Ich hatte Louise nie für schön gehalten. Klar, sie sah nicht schlecht aus und keiner von uns Jungs hätte sich geschämt, sie mit nach Hause zu bringen und seiner Mutter vorzustellen. Sofern wir so etwas überhaupt getan hätten – was nicht der Fall war. Nein, wenn Louise gut aussah, dann eher im athletischen Sinn. Schwarze, ewig wippende Locken, lebhafte braune Augen und ein erwartungsvoller Blick, als sei sie für jeden Scherz dankbar. Louise war Polin, ein kräftiges Farmermädchen. Ihre breiten Schultern erweckten den Eindruck, als seien ihre BH-Träger ständig zum Zerreißen gespannt. Sie war groß und hatte kräftige Beine, und nach jedem Leichtathletikturnier flatterten fünf Siegerbänder auf ihrer Brust. Doch für mich war Louise nur eins von diesen Highschool-Mädchen, die mir wie große Kinder vorkamen, wie eine Schwester – nur dass sie besser war. Wenn wir jemals ein Mädchen in unser Baseballteam aufgenommen hätten, dann sie.

Ich weiß nicht, wann ich meine Meinung über sie änderte und, na ja, andere Qualitäten an ihr entdeckte. Vielleicht, nachdem ich gehört hatte, dass Lenny Roberts mit ihr ausgegangen war, dass er die lange Fahrt zur Farm ihrer Eltern, die achtzehn Meilen nördlich von der Stadt lag, auf sich genommen und hinterher erzählt hatte, dass Louise Polonski einfach toll küssen könne. Oder dämmerte mir langsam, dass nicht alle Mädchen wie Anna-Maria sein mussten, blond und schön? Anna-Maria war meine erste und bisher einzige Freundin gewesen und hatte vor drei Monaten wegen Peter, einem ehemaligen Freund von mir, mit mir Schluss gemacht. Aber vielleicht passierte es auch an dem Tag, als ich Louise nach dem Volleyballspiel der Mädchen zufällig im Geräteraum der Turnhalle traf. Es war ein Spiel im Rahmen der Schulmeisterschaften gewesen und ich hatte als Schiedsrichter fungiert. Louise hatte gespielt wie der Teufel. Ich räumte gerade das Netz weg, als sie hereinkam, die Arme voller Volleybälle. Sie sah aus, als käme sie aus dem Regen. Ihr schwarzes Haar glänzte und klebte an ihrem Gesicht. Der Schweiß brach ihr aus allen Poren, und ich konnte sehen, wie kleine Salzwasserbäche in das Tal vorn an ihrem Trikot flossen. Sie schenkte mir ein Zahnpastalächeln und ließ eine Lawine von Bällen in einen großen Karton fallen.

»Tolles Spiel, Louise.«

Erneutes Lächeln. »Danke. Wir mussten heute unbedingt gewinnen. Die haben uns die ganze Saison über an die Wand gespielt.« Sie beugte sich leicht vor, fasste das Trikot am Saum, zog es hoch und wischte sich den Schweiß aus den Augen. Ich bemerkte einen kleinen braunen Leberfleck auf ihrem Rücken, rechts, unterhalb des Nackens. Er erinnerte mich an den Morgenstern – keine Ahnung wieso –, und er verschwand, als sie sich wieder aufrichtete.

Ich spielte mit der Pfeife, die noch an meinem Hals hing, schluckte schwer und versuchte, cool zu klingen. »Hast du am Freitagabend schon was vor? Hättest du Lust, ins Kino zu gehen?« Alles im Geräteraum schien stillzustehen. Da waren nur noch wir beide, die Netze, die Bälle, der Geruch von Schweiß und Liniment – ein guter Geruch. Die braunen Augen huschten forschend über mein Gesicht, suchten etwas. Ich weiß nicht, was.
Doch dann lächelte sie mich an und es wurde mir ganz heiß und es kribbelte mich wie unter einem Wollpullover. »Ja, sehr gern«, antwortete sie.
Ich lachte erleichtert. Ich war ihr dankbar, dass sie es mir so einfach machte.
»Was wird denn gespielt?«, fragte sie.
»Doktor Schiwago.« Ich hatte erst gestern im Café in der Stadt das Plakat gelesen. »Mit Omar Sharif. Wer sonst noch mitspielt, weiß ich nicht.«
»Oh, den mag ich«, sagte Louise. Sie stand dicht vor mir. Ich konnte den Duft ihres Shampoos riechen.
»Ja, er ist gut.« Wieso war mir noch nie aufgefallen, wie schön sie war? »Ich hole dich um halb sieben ab, einverstanden? Dann haben wir vor dem Kino noch Zeit für einen Burger und einen Milchshake.«
Plötzlich zerriss ein wütendes Schrillen die Stille im Raum. Die Schulklingel. Eine hing an der Wand direkt vor der Tür. Louise warf den Kopf zurück und lachte, große weiße Zähne, umrahmt von roten, mit Tröpfchen besetzten Lippen. Wir warteten, bis die Klingel verstummte. »Das wäre toll«,

sagte sie. »Ich freue mich.« Sie huschte an mir vorbei, streifte meinen Arm mit ihrer feuchten Hand. »Ich muss unter die Dusche. Bis dann.«

Ich drehte mich um, verließ hinter ihr den Raum und sah, wie die Nummer 11 durch die Halle rannte und im Umkleideraum für Mädchen verschwand. »Ich freue mich«, hatte sie gesagt. Ich fragte mich, wer ihr gesagt hatte, was sie tun musste, damit Jungs auf Wolken gingen. Ich schwebte durch die Halle zum Umkleideraum für Jungen, pfiff unter der Dusche und ging so glücklich wie seit Monaten nicht mehr in den Unterricht.

Das war am Mittwoch. Am Freitag, Viertel nach sechs, raste ich in meinem 58er-Ford nach Norden zu Louise. Ich war von der Schule nach Hause gehetzt, hatte mein Auto geputzt und eingewachst, die Hundehaare von den Sitzen gesaugt und im Wagen so viel Duftspray versprüht, dass es wie auf einer Fliederplantage roch. Es war ein klarer Frühlingsabend. Die Saat ging gerade auf und die Felder dehnten sich neben der Straße wie grüne Billardtische. Rotschulterstärlinge hockten auf kleinen Weiden, die die Sümpfe neben der Straße säumten, und ihre roten und gelben Federn leuchteten in der untergehenden Sonne. Der Schatten des Wagens huschte über den Graben zu meiner Rechten und eine lange goldene Staubwolke schwebte über der Straße hinter mir. Ich drückte meine auf Hochglanz polierten Cowboystiefel aufs Gaspedal. Ich wollte nicht zu spät kommen.

Louises Vater öffnete, als ich an die verwitterte schwarze Tür klopfte. Ich hatte ihn schon mal gesehen, bei einem Eishockeyspiel oder in der Schule. Er war ein schüchterner Mann, älter als mein Vater, mit einem freundlichen Lächeln und einem starken Akzent. Wir gaben uns die Hand. Auch Louises Mutter kam, wischte sich die Hände an der Schürze ab. Und dann linste Louises kleine Schwester um die Ecke. Mann, die komplette Familie rückte an. Ich kam mir vor wie ein Alien, der gerade gelandet war. Typisch Saskatchewan. Wir redeten übers Wetter und darüber, wie sich das Getreide machte. Und kurz bevor wir auf das Thema Regen zu sprechen kamen, erschien Louise.

Ich hätte nie gedacht, dass jemand in T-Shirt und Jeans so gut aussehen könnte. Sie hatte irgendwas mit ihrem Haar gemacht. Ich hatte so was noch nie gesehen. Es war ... ja, es war voll. Und schwarz und es glänzte. Und auch ihre Augen wirkten größer, und später begriff ich, dass sie Make-up aufgelegt hatte. Ihr T-Shirt war weiß und eng und steckte in der Jeans und sie trug einen schwarzen Ledergürtel mit einer großen glänzenden Schnalle und schwarze Cowboystiefel. Auch das beeindruckte mich. Louise lächelte und roter Lippenstift füllte die Verandatür aus und übermalte den Rest der Familie. »Hi«, sagte sie.

»Hi«, antwortete ich. Das Wort erschien mir sehr klein und verlor sich einfach draußen auf dem Hof.

Mit Louise konnte man sich gut unterhalten. Wir waren die achtzehn Meilen zum Highway zurückgefahren und hatten nun noch die fünfunddreißig Meilen nach Riverside vor uns, der einzigen Stadt, die groß genug für ein richtiges Kino war. Am Anfang waren wir beide nervös, obwohl wir gleich alt waren und in Parallelklassen gingen. Doch Louise legte den linken Arm über die Sitzlehne und plauderte, als hätten wir das schon tausendmal getan. Und nach ein paar Meilen hatte ich das Gefühl, wir hätten es tatsächlich. Sie lachte, als ich mich rüberbeugte, das Handschuhfach aufklappte und das Radio einschaltete. »Toll«, sagte sie. »Woher hast du das?«

»Aus einem alten MG. Für zehn Dollar einem Typ abgekauft.«

»Hat einen guten Klang.« Sie öffnete nochmals das Handschuhfach und drehte lauter. Das gefiel mir. »King of the Road«, Roger Millers neuester Hit, lief gerade. Sie summte mit, und ich merkte, wie schön es war, wieder ein Mädchen in meinem Wagen zu haben. Ich stieß einen langen Seufzer aus, den sie nicht hören konnte, und trommelte mit den Fingern aufs Lenkrad. Und ehe wir uns versahen, waren wir in Riverside.

Die besten Burger gab es im Jade Garden Restaurant, wo sich die Kids aus der Stadt immer nach Eishockeyspielen und vor dem Kino trafen. Wir bestellten, schlürften unsere Milchshakes und redeten über Lehrer, Klassenarbeiten und Ferienjobs. Louise wollte als Schwesternhelferin in einem kleinen, fünfzig Meilen entfernten Krankenhaus arbeiten – in dem Krankenhaus, in dem ich geboren wurde, um genau zu sein. Ich erzählte ihr, dass mein Onkel mir einen Job als Bulldozerfahrer beim Bau eines Staudamms besorgt hatte, weit draußen in der Pampa. Im Hinterkopf rechnete ich aus, wie viele Meilen ich würde zurücklegen müssen, um Louise zu sehen, falls ich das wollte, doch die Vorstellung war so

deprimierend, dass ich es wieder ließ. Ich bezahlte die Rechnung und wir gingen ins Kino.
Omar Sharif spielte Doktor Schiwago, einen vornehmen Moskauer Arzt, der im Grunde seines Herzens Dichter war. Und der sich, obwohl er Frau und Kinder hatte, in Lara verliebte, die von Julie Christie gespielt wurde. Sie war vom Freund ihrer Mutter, einem üblen Schurken, verführt worden. Der Erste Weltkrieg brach aus, und Schiwago kam an die Front, wo die Russen gegen die Deutschen kämpften. Das Land sah flach und menschenleer aus – genau wie Saskatchewan. An der Front kam es zu einem Wiedersehen zwischen Schiwago und Lara. Lara war inzwischen Krankenschwester. Sie arbeiteten beide in einem dreckigen Lazarett, wo sie verwundete Soldaten zusammenflickten. Und an dieser Stelle grapschte sie sich meine Hand.
Na ja, sie grapschte nicht. Sie schob nur irgendwie ihre Finger unter meine, als krieche sie an einen sicheren Platz. Ich war überhaupt nicht darauf gefasst und plötzlich überkamen mich die merkwürdigsten Gefühle. Gefühle, wie ich sie bei Anna-Maria nie gespürt hatte. Meine rechte Hand wurde warm und ich dachte bei mir: *Junge, jetzt fang mir bloß nicht an zu schwitzen.* Aber ich tat es nicht.
Ihre Finger waren überraschend weich und klein und ich fühlte mich stark und richtig gut. Ich drückte ihre Hand ein wenig und Louise sah mich an und lächelte, rückte ein Stück näher und lehnte den Kopf an mich.
Die neuen Herrscher, die Bolschewiken, mochten Schiwagos Dichtungen nicht. Er war ein Romantiker und für Romanti-

ker war in der Arbeiterrevolution kein Platz. Deshalb flüchtete er mit seiner Familie per Eisenbahn nach Sibirien und wartete im Sommerhaus der Familie seiner Frau, bis sich die Wogen geglättet hatten. Wieder traf er zufällig Lara. Sie arbeitete inzwischen als Bibliothekarin in einer nahe gelegenen Stadt. Sie nahm ihn mit in ihre Wohnung, und dort kam es zu einer echt heißen Liebesszene, von der ich einen ganz trockenen Mund bekam. Am liebsten hätte ich kräftig geschluckt, traute mich aber nicht. Jedenfalls nicht, bis Louise zu zittern anfing. Ich legte den Arm um sie und sie kuschelte sich an mich. Ich versuchte, mich auf den Film zu konzentrieren, aber es ging nicht. Ich konnte nur an Louise denken. Ich fasste mir ein Herz und küsste ihr Haar. Sie schnurrte wie ein Kätzchen. Das war ermutigend. Ich spürte überdeutlich die harte Armlehne des Kinositzes zwischen uns und wünschte, sie wäre nicht da gewesen, und zum ersten Mal war ich froh, dass mein Auto weder Knüppelschaltung noch Schalensitze hatte.

»Was für ein trauriges Ende«, seufzte Louise später, als wir aus der Stadt hinaus in Richtung Heimat fuhren. Der Mond stand wie ein abgeknipster Fingernagel am pechschwarzen Himmel. »Ich kann nicht glauben, dass Lara und Schiwago niemals zusammenkommen sollen.«

»Ja. Ich schätze, sie sind einfach nicht füreinander bestimmt, oder? Das macht es zu einer solchen Tragödie.«

Louise sah mich an. Sie saß dicht neben mir. »Dann glaubst du also, es war ihr Schicksal, das sie nicht zusammen sein konnten?«

Etwas in ihrer Frage, die Art, wie sie den Kopf neigte … ich weiß auch nicht, was es war … jedenfalls sah ich uns plötzlich wie aus großer Höhe. Ich blickte in die Tiefe und sah meinen Wagen mit zwei langen Scheinwerferkegeln, die sich wie die Fühler eines Insekts durch die Nacht tasteten, die dunkle Straße entlangfuhren. Von da oben wirkten wir in der stockfinsteren Prärie winzig klein. Und unser Leben erschien so belanglos. Es war ein so starkes Gefühl, dass es mich ein wenig traurig machte, als wären wir ganz allein auf diesem Planeten, und ich war sehr glücklich, dass dieses Mädchen bei mir war.
»Glaubst du an Schicksal, oder glaubst du, dass wir alle frei sind und tun können, was wir wollen?«, fragte ich und trat auf die Bremse.
»Wieso fahren wir langsamer?«, fragte sie.
Ich lachte. »Komm. Du weißt, warum.« Ich blickte in den Rückspiegel. Es war kein anderes Auto auf der Straße. Ich fuhr rechts ran, um in den nächsten Feldweg einzubiegen.
»Ich weiß nicht«, sagte Louise. Sie war sehr ernst. »Ich würde ja gern glauben, dass ich meine Entscheidungen selber treffe, aber manchmal habe ich das Gefühl, dass ein anderer oder etwas anderes dahinter steckt. Vielleicht hat das Schicksal, der liebe Gott oder sonst wer etwas mit mir vor, und manchmal frage ich mich, ob ich jemals dahinter kommen werde.« Ich bog in einen Feldweg ein und hielt neben einem Sommerbrachfeld an. »Warum?«, fragte sie wieder und sah mich mit dem Anflug eines Lächelns an. »Warum fragst du mich das?«

Ich sah sie an und streckte die Hand nach ihrem Gesicht aus. »Weil ich den Gedanken nicht ertragen kann, noch eine Meile zu fahren, ohne dich zu küssen.« Langsam strich ich mit dem Handrücken über ihre Wange und dann schob ich meine Finger in das Haar hinter ihrem Ohr. Louise drückte ihr Gesicht gegen meinen Arm und lächelte und die grünen Lichter vom Armaturenbrett tanzten in ihren großen dunklen Augen. »Und ich weiß nicht, was du glaubst: Ob ich es bin, die dich küssen will, oder ob das Schicksal mich dazu veranlasst.« Sie lachte, während ich mich zu ihr hinüberbeugte. »Aber du sollst wissen, dass ich es bin.«

Es war der Augenblick, in dem mir klar wurde, dass ich keine blasse Ahnung vom Küssen hatte. Und noch etwas anderes. Ich hatte im Café beobachtet, wie Louise ihren Milchshake getrunken und auf dem Strohhalm einen roten Lippenstiftring hinterlassen hatte. Ich hatte beobachtet, wie sie redete und lachte, und ich glaubte zu wissen, wie sie war – aber das stimmte nicht. Ich musste feststellen, dass man nie sagen kann, wie ein Mädchen küsst, bevor man es nicht ausprobiert hat. Es begann ganz sanft und zärtlich. Unsere Lippen waren wie warme Raupen, die übereinander krochen, sich gegenseitig langsam erforschten, betasteten, umherwanderten, und dann plötzlich war es, als breche ein schweres Gewitter los, und wir suchten Unterschlupf und krochen in die großen feuchten Höhlen unserer Münder, was wir herrlich fanden, so dass wir unsere Zungen losschickten, um die Höhlen zu erkunden, und sie bewegten sich hin und her und rangen und spielten miteinander und dabei veränderten die Höhlen unablässig ihre Form. Es war wie ein wilder Ritt im Kino, nur alles in Zeitlupe. Ich hatte das Gefühl, ich sei in das Haus der Lüste gefallen, und konnte nicht glauben, dass ich endlich drin war, und ich konnte nicht genug bekommen und wünschte mir, dass es nie zu Ende ging. Es kam mir wie eine halbe Stunde vor, aber wahrscheinlich dauerte es nur fünf Minuten. Wir hörten auf, um Luft zu holen. Wir öffneten die Augen. Die Scheiben des Wagens waren beschlagen. Wir lehnten uns beide zurück und lachten.

»Mensch«, sagte ich, »du bist toll.«

Louise lachte wieder. »Du auch.«

Plötzlich verspürte ich einen unglaublichen Appetit, als wäre ich halb verhungert und hätte es jetzt erst gemerkt. Ich beugte mich vor. »Ich möchte noch mal.«

Louise hielt ihre Armbanduhr an das beleuchtete Armaturenbrett. »Geht nicht. Wir müssen weiter. Meine Eltern machen sich Sorgen, wenn ich so spät mit dem Auto unterwegs bin.«

Die Enttäuschung war mir offenbar anzusehen. Sie lachte wieder. »Aber sobald sie wissen, dass ich zu Hause bin, ist alles okay.«

Ich brauchte eine Sekunde, bis ich begriff, was sie damit sagen wollte. Auch sie wollte mehr. Ich konnte es fast nicht fassen. Ich drehte mich weg und ließ den Motor an. »Anschnallen, junge Dame«, sagte ich. »Hier sprich Gemini Vier, Houston. Wir nehmen jetzt Kurs auf die Polonski-Farm.« Louise kicherte und fasste mich am Arm, als ich den Rückwärtsgang einlegte.

Als wir wieder auf den Highway einbogen, kurbelte Louise

ihr Fenster runter und stellte das Radio an. Dann legte ich ihr den Arm um die Schulter, und sie schmiegte sich so fest an mich, dass ich ihre weichen Brüste spüren konnte. Ich stellte mir vor, wie wir zusammen auf einem wilden Hengst durch die Nacht galoppierten. Die Straßen waren so schnurgerade, dass ich meilenweit nur mit dem Knie lenkte. Wir küssten uns bei sechzig, bei achtzig und bei hundert Sachen. Ich nahm Louise in den Schwitzkasten und hielt sie so lange fest, bis sie aufgab. Wir lachten. Wir sangen »It's been a hard day's night, and we've been kissing up a storm«. Die Beatles rockten. Wir rockten. Ich hätte nie gedacht, dass es so aufregend sein könnte, ein Mädchen nach Hause zu bringen.

Es war kurz nach eins, als wir langsam auf Louises Hof rollten. Ich hielt an, aber nicht zu nahe am Haus. Das Hoflicht brannte, doch das Haus war dunkel bis auf ein schwaches Licht, wo ich die Küche vermutete. »Jetzt kann Mom beruhigt sein«, sagte Louise. »In einer Minute wird das Licht ausgehen.«

Ich drehte mich zu ihr hin und wir zogen uns an wie zwei Magnete. Diesmal hatte der Kuss nichts Sanftes. Er war heftig und ungestüm, und wir stießen ein paar Mal die Zähne aneinander und mussten lachten, hörten aber nicht auf. Und nach einer Minute war mein Mund taub wie Gummi, und ich spürte nicht mehr, wo meine Lippen aufhörten und ihre anfingen. Und unsere Gesichter waren nass, und ich glühte, und meine Füße kochten in den Cowboystiefeln und meine Jeans wurde zu eng. Wir wanden uns, versuchten, unsere Körper noch dichter aneinander zu drängen. Louise klebte an mir, wurde in meinen Armen zermalmt. Ich spürte ihre Brüste an meiner Brust. Ich spürte den Träger ihres BHs unter ihrem T-Shirt. Ich strich mit den Händen darüber, und da kam mir der Gedanke, dass Mrs. Polonski neben den komischen kleinen Haken auf dem Rücken wahrscheinlich ein »Betreten verboten« eingestickt hatte. Genau in dem Augenblick ging das Hoflicht aus.

Wir erforschten unsere Lippen, unsere Münder, unsere Augen, unsere Gesichter und kartographierten jeden Quadratzentimeter mit unseren Zungen, unseren Fingern. Plötzlich packte Louise mein rechtes Ohrläppchen mit den Zähnen, leckte mein Ohr und steckte mir die Zunge hinein. Es hätte genauso gut ein Elektrostab sein können. Die Wirkung wäre dieselbe gewesen. Mein Körper schaltete auf Alarmstufe Rot. Mein Herz raste. »Magst du das?«, hauchte Louise, deren heißer Atem wie ein Chinook über mein nasses Ohr strich. Ich fühlte mich an Kälber erinnert, die mit ihren rauen Zungen Milch von meinen Fingern leckten, wenn sie lernten, aus einem Eimer zu trinken. Mehr Erfahrung mit Zungen hatte ich bisher nicht.

»Hmmm.«

Sie machte weiter, bohrte ihre wilde, sich windende nasse Schlange von Zunge in mein Hirn. »Und jetzt«, sagte ich nach einer Weile und näherte meinen Mund ihrem Ohr, »bin ich dran.« In dieser Nacht entdeckte ich die Kunst des Gebens und Nehmens mit einem Mädchen, und wie aufregend es ist, sich gegenseitig Vergnügen zu bereiten. Wir knutschten und knutschten. Es war ein totaler Intensivkurs. Es war meine

Wiederbelebung mittels Mund-zu-Mund-Beatmung. Ich hatte wieder eine Freundin. Und sie war toll.
Schließlich lehnte ich mich zurück, strich Louise die nassen Strähnen aus dem Gesicht und schob sie hinter ihre Ohren.
»Ich sehe dir gern zu«, sagte ich.
»Ja?« Sie klang überrascht. »Wann?«
»Na ja, wenn du in der Turnhalle bist. Du bist verdammt temperamentvoll.«
Sie lachte. »Ich dachte, du hättest gar keine Notiz von mir genommen.« Ihre Stimme klang im Dunkeln sanft und leise.
»Ich wollte schon lange mal mit dir ausgehen.«
»Wirklich?«
»Ja, aber du warst ständig mit Anna-Maria zusammen.«
»Tja, das ist aus und vorbei.«
»Weißt du was?«, fragte Louise.
»Was?«
»Ich war bei eurem letzten Spiel gegen Rousseau dabei. Du bist ein wunderbarer Schlittschuhläufer.«
»Ehrlich?« Es freute mich sehr, dass sie dabei gewesen war.
»Tja, es war eine bittere Niederlage.«
»Und du hast auch Temperament.«
In ihrer Stimme lag etwas Neckisches.
»Du musst es ja wissen.« Und ich tauchte wieder in das Meer aus Haaren, Lippen und Haut.
Es war fast drei Uhr morgens, als ich endlich von der Straße abbog und langsam den Weg zu unserem Haus hinauffuhr. Meine Eltern hatten ihn kürzlich mit Schotter bestreuen lassen, und ich war davon überzeugt, dass sie das nur getan

hatten, damit sie hören konnten, wann ich nachts nach Hause kam. Unser Hoflicht brannte noch. Ich schlich auf Zehenspitzen die Stufen zur Veranda hinauf und schaltete es aus. Scamp, unser Beagle, sprang an mir hoch. Sein Schwanz schlug gegen die Wand wie gegen eine Trommel. »Pscht! Komm, mein Junge. Gehen wir.«

Er folgte mir zur Schlafbaracke neben der Garage. Dort schlief ich vom Frühjahr bis zum ersten starken Frost, weit weg von meinen beiden jüngeren Schwestern und meinen Eltern. In der Baracke gab es keinen Strom, deshalb hatte ich für mein Radio von der Garage ein Kabel durchs Fenster legen müssen. Nachts hörte ich oft stundenlang Musik oder las. Die Einrichtung bestand aus einem Kanonenofen, meinem schmiedeeisernen Bett, einem alten gelben Geschirrschrank voller Bücher, einem kleinen Tisch und Stühlen. Das war alles. Und es genügte.

Ich zog mich aus und schlüpfte ins Bett unter die Flanelllaken und die alte Decke. Die Hände hinter dem Kopf, lag ich im Dunkeln und starrte an die Decke. Ich konnte Louise auf meiner Haut riechen. Ich konnte sie schmecken. Mein Gesicht kribbelte noch. Ich schloss die Augen und versuchte, mir jedes Wort, jeden Laut, jeder Berührung des Abends in Erinnerung zu rufen.

Draußen im Gras zirpten Grillen im Chor und der laue Nachtwind wehte vom Teich das tiefe Quaken der Ochsenfrösche herüber, vermischt mit dem Heulen der Kojoten unten am Fluss. Es hatte keinen Zweck. Ich konnte nicht einschlafen. Ich stand auf und trat nackt in die Nacht hinaus. Scamp sprang vom Bett und folgte mir. Die dunklen Umrisse der Scheune, des Hauses und der Bäume wirkten klein gegen das gesprenkelte Schwarz darüber. Geräusche hallten in meinem Kopf wider – das Rascheln von Kleidern, das Schmatzen von Lippen, Louises Flüstern. Ich lief los, quer über den Hof, wo wir immer Ball spielten, vorbei am Geräteschuppen, den Dieseltanks und hinaus auf das Feld südlich vom Haus. Es war eine Sommerbrache, bedeckt mit einem feuchten Teppich aus weichen grünen Disteln, die gerade zu sprießen begannen. Ich rannte schneller, Scamp direkt neben mir. Ich rannte wie noch nie in meinem Leben. Wie ein großer Rehbock, der mühelos den Zaun hinter der Scheune übersprang, machte ich einen Satz in die Luft. Ich rannte in südöstlicher Richtung zum Ende des Feldes, wo über den Bäumen das Sternbild Orion stand, der Jäger, der mit seinem Hund Sirius über den Himmel lief. Von den Küssen Louise Polonskis beflügelt, hatte ich das Gefühl, ich könnte ewig rennen.

Der Sommer, in dem ich *Vom Winde verweht* las

Auf dem Schild stand »Büro«. Das Wort war von Hand auf ein Stück weiße Pappe geschrieben, das, in Klarsichtfolie gehüllt, mit Klebestreifen an die Außenwand des Wohnwagens geklebt war. Die Folie hatte ihren Zweck nicht erfüllt. Regenwasser war durchgesickert und hatte die Tinte zu hellblauen Flecken verschmiert, die aussahen wie lappige Seen auf Landkarten.

Ein Holzkeil klemmte unter der offenen Tür und ich konnte einen Schreibtisch im Innern sehen. Eine schmutzige Stahltreppe lehnte am Wagen. Ich wollte sie gerade erklimmen, da erschien ein Mann in der Türöffnung. Er war hager, das Gesicht so faltig und braun wie ein Baseballhandschuh. Der aufgeweichte Stummel einer selbst gedrehten Zigarette hing in seinem Mundwinkel. Er trug eine ausgebleichte Caterpillar-Baseballmütze, Khakihemd und Khakihosen. Seine ausgelatschten und schmutzigen Arbeitsstiefel waren nur bis zur Hälfte geschnürt. Der Mann blinzelte in die Morgensonne und sah mich an.

»Hi, ich suche Pete, den Vorarbeiter«, sagte ich.

»Du hast ihn gefunden.« Er machte eine Pause, nahm mit fleckigen gelben Fingern die Zigarette aus dem Mund, streckte die Zunge heraus, nur ein bisschen, und pflückte einen Tabakkrümel von ihrer Spitze, dann spuckte er sicherheitshalber noch auf die Seite. »Wir stellen niemand ein.«

Was? Haben sie es sich anders überlegt? Ich räusperte mich. »Ich bin Eric. Eric Anderson. Ich soll heute hier anfangen.«

Er blinzelte erneut und musterte mich, als sei ich irgendein Klinkenputzer von Watkins. »Wie war noch mal dein Name?«

Ich sagte es ihm. »Randy Tilsons Neffe«, fügte ich hinzu.

Jetzt fiel bei ihm der Groschen. »Warum zum Teufel sagst du das nicht gleich?« Er sah zu Boden und kratzte an der Türschwelle Dreck von seinen Stiefeln. »Jeden Tag kommen fünf Kids und suchen Arbeit. Die haben von Tuten und Blasen keine Ahnung. Komm rein.«

Das Büro war voll gestopft mit Schreibtischen und Stühlen aus Holz, Sperrmüll aus irgendeinem alten Verwaltungsgebäude. Die mit Holzimitat verkleideten Wände waren mit doppelseitigen Fotos aus *Playboy* tapeziert. Eine hinreißende Blondine mit prallem Schnappverschluss-Busen lächelte vom Kalender eines Werkzeugherstellers. An der Wand stand ein Zeichentisch. Darauf lagen große Landkarten und Pläne, die mit zwei flachen Steinen und einem Lineal beschwert waren. Darüber hing ein Kuhschädel mit schwarzen Hörnern. Es roch nach Schlamm, kaltem Rauch und frischem Furz.

»Und was kannst du alles fahren?« Ich füllte gerade das Formular aus, das Pete mir gegeben hatte. Er saß mir gegenüber an einem Schreibtisch und fasste in eine grüne Dose Tabak.

»Weiß nicht. Bisher habe ich nur Vans und Traktoren gefahren.«

Pete kippte seinen Stuhl nach hinten, krümelte Tabak auf ein Papierchen, rollte es mit einer Hand vor und zurück, dann leckte er an der Gummierung. Er strich den feuchten Rand nach unten glatt und steckte sich mit zufriedener Miene die Zigarette in den Mund. Er fingerte ein rostfreies Stahlfeuerzeug aus der Brusttasche seines Hemdes, klappte es auf und rieb mit dem Daumen am Rädchen. Die Flamme drohte seine Zigarette zu verschlingen. Ich hatte den scharfen Geruch von Feuerzeug-Flüssiggas eigentlich immer gemocht, aber heute nicht. Pete zog an seiner Zigarette, lehnte sich noch weiter zurück und blies eine Rauchwolke in die Luft, die Miss Dezember einnebelte. »Am besten, du fängst mit dem Wassertankwagen an, bist du weißt, wie der Laden hier läuft. Wenn du keinen Mist baust, kannst du später auf eine Raupe umsteigen.«

Ein unfreundlicher Kerl, humorlos wie ein alter Grashüpfer. Ich mochte ihn nicht. Mir stand ein langer Sommer bevor.

»Komm«, sagte er, »ich führe dich herum, danach geht's an die Arbeit.«

Das Baucamp bestand aus langen weißen Aluminiumwagen – ich zählte neun –, die kreuz und quer auf staatlichem Weideland im Präriegras standen. Hier draußen gab es nur Ziesel, sonst nichts. Kein Haus und kein Baum weit und breit. Es war schon heiß. Der flache grüne Horizont flimmerte, Fuchsschwanzgras wiegte sich im Juliwind und Schleierwolken zogen am milchig blauen Himmel entlang.

Nicht weit entfernt stieß ein Regenpfeifer einen Warnruf aus, möglicherweise um einen Fuchs von seinem Nest wegzulocken.

Wir steuerten auf einen der Wohnwagen zu. »Unser Bautrupp besteht aus rund fünfundzwanzig Mann, sie schlafen in den fünf Wagen dort.« Er machte eine ausholende Bewegung und deutete dann auf einen. »Das da ist deiner.«

Der Wohnwagen war in drei Räume unterteilt. Meiner war ein sandfarbenes, rechteckiges Kabuff mit abgetretenem braunen Linoleumfußboden, zwei braunen Einzelbetten mit Eisengestell und gefängnisgrauen Decken, einem Regalbrett über jedem Bett, einem halb zusammengeklappten Klappstuhl aus Metall und Vier-Zoll-Nägeln in der Wand als Kleiderhaken. »Willkommen in der Sommerfrische der Bailey Brothers für Farmersöhne«, sagte Pete mit einem Lachen.

Mein Magen zog sich zusammen.

»Dort schläft Stan.« Pete deutete auf das ungemachte Bett meines neuen Stubengenossen, einen Haufen schmutziger Wäsche, zusammengeknüllter Zigarettenschachteln und Zeitschriften. »Er ist Raupenführer. Weiß alles, was man am Bau wissen muss.«

Aber nicht, wie man seine Bude sauber hält. Ich warf meine Tasche aufs Bett. Auspacken würde ich später.

In einem anderen Wagen waren Toiletten und Duschen untergebracht. Papiertücher lagen in Wasserlachen auf dem Fußboden. Stoffhandtücher in allen Farben, manche neu, andere verschossen und vergammelt, hingen an der Wand. Der Fußboden im Duschbereich war mit Holzlatten ausgelegt,

die unter Wasser standen. Es roch nach Seife, Feuchtigkeit und Schimmel.
»In welche Klasse gehst du?«, fragte Pete auf dem Weg zum Kantinenwagen.
»Ich komme jetzt in die elfte.« Heuschrecken erfüllten die Luft mit ihrem Gezirp.
»Und wie bist du so in der Schule?«
»Nicht schlecht. Aber auch nicht überragend. Schnitt 2,5.«
Pete zeigte auf einen kleinen braunen Wagen hinter dem Küchentrailer, wo ein Dieselmotor knatterte. »Der Generator. Läuft Tag und Nacht.«
Vor dem Kantinenwagen blieben wir stehen. »Viele Leute hier würden deine Noten für verdammt gut halten.«
»Na ja, meine Eltern sind nicht besonders zufrieden. Die wollen Einsen. Sie finden, dass ich zu viel Sport treibe.«
Pete rupfte einen Kammqueckenhalm aus, wickelte ihn um seinen braunen Zeigefinger und streifte mit dem Daumen die Ährchen ab. »Und was findest du?«
»Ohne Sport hätte ich keinen Bock auf Schule.«
Pete warf den Grashalm weg. »Du bist dümmer, als du aussiehst, Junge.« Er starrte mich an. »Ich habe nur acht Klassen gemacht. Und hier siehst du, wie weit man es damit bringt.«
Ich lief rot an, während Pete sich umdrehte und in den Wagen kletterte. Ich folgte ihm wie ein begossener Pudel.
Die Küche und der Kantinenwagen standen im rechten Winkel zueinander und bildeten ein T. Der Kantinenwagen war mit vier langen Sperrholztischen eingerichtet, die mit Linoleum überzogen und an den Kanten mit Aluminiumleisten

verstärkt waren. Die Holzbänke auf beiden Seiten waren dunkelbraun gestrichen und in die Sitzflächen waren Initialen geschnitzt. Auf einem Serviertisch standen große Warmhaltepfannen mit übrig gebliebenen Pfannkuchen, Würstchen, Rühreiern und Bratkartoffeln. Seit dem letzten Geflügelessen in der Kirche hatte ich nicht mehr so viel Essen auf einem Haufen gesehen. Ein dünner Mann mit weißem T-Shirt und Schürze kam aus der Küche und ergriff eine der Pfannen. Seine Haut war so schwarz wie guter Lehm. Ich hatte noch nie einen Farbigen aus solcher Nähe gesehen.

»He, Gerry, darf ich dir unseren neuen Lkw-Fahrer vorstellen.« Gerry hielt inne, schaute auf und nickte. Sein kurzes schwarzes Kraushaar war weiß bestäubt. Es war schwer, zu sagen, ob es Mehl war oder ob er nur ergraute.

»Das ist Eric.« Pete sah mich an und deutete auf Gerry. »Gerry wird dafür sorgen, dass du etwas Fleisch auf die Rippen bekommst, bevor der Sommer rum ist.« Gerry lächelte. »Wie geht's Lily?«, fragte Pete.

»Oh, es geht ihr gut, doch, sie ist gerade draußen und raucht eine nach dem Andrang heute Morgen.«

»Okay, dann bis später. Ich muss zusehen, dass der Junge hier etwas tut für sein Geld.« Gerry drehte sich um und verschwand mit der Pfanne in der Küche.

»Frühstück um halb sieben«, fuhr Pete fort. »Um halb acht musst du los.« Er deutete in die Runde. »Hier steht immer eine Kanne mit frischem Kaffee und etwas zu essen. Wenn du nach der Arbeit herkommst, mach keine Schweinerei. Wir nehmen Lunchpakete mit auf die Baustelle. Wir machen eine halbe Stunde Mittagspause. Abendessen um 17.30 Uhr. Das Essen ist sehr gut und es gibt immer reichlich.«

Onkel Randy hatte zu mir gesagt, dass Verpflegung und Lohnscheck die besten Mittel waren, Arbeiter bei der Stange zu halten.

»Hast du was dagegen, nachts zu arbeiten?« Pete sah mich an, während wir in seinem grünen Halbtonner über die Prärie hoppelten. Wir fuhren zum Damm.

Ich schüttelte den Kopf. »Nein.«

»Gut. Wir arbeiten in zwei 10-Stunden-Schichten, inklusive Pausen, in denen wir essen und Wartungsarbeiten durchführen.« Auf dem Feldweg, der quer durch Weideland führte, wirbelten wir eine Staubwolke auf. Pete stieg auf die Bremse und schaltete herunter, um mir eine kurze Einführung zu geben. »Jede Schicht hat drei Buggys oder Erdtransportwagen, eine Planierraupe, einen Grader, zwei Raupen mit Rüttlern und einen Wassertankwagen – den fährst du. Und einen Vorarbeiter. Das bin ich. Zurzeit ist auch einer von den Baileys hier – das sind die Eigentümer aus Calgary –, du musst dich also ranhalten. Er hat am Mittwoch einen Lkw-Fahrer gefeuert, weil er über den Rand des Damms gefahren ist. Die Kiste hätte sich überschlagen können und er wäre tot gewesen. Wir mögen es nicht, wenn einer Scheiße baut.«

Ganz unvermittelt teilte sich die Landschaft vor uns und gab den Blick frei auf ein flaches, mit Gras und Buschwerk bewachsenes Tal von etwa einer Viertelmeile Breite. Auf der Talsohle schlängelte sich ein schmales Band aus Sträuchern und an manchen Stellen konnte ich das glitzernde Wasser eines Baches sehen. Doch zu unserer Rechten war das ganze Land aufgewühlt. Ein langer Erdwall erstreckte sich von einer Seite des Tals zur anderen: der Damm. Er war vielleicht zehn Meter hoch.

Buggys hoppelten oben drüber und stießen schwarze Dieselrauchwolken aus. Ich beobachtete, wie einer, schwerfällig wie eine trächtige Sau, das Tempo drosselte, seinen Kasten kippte und einen Streifen frische Erde ablud. Dann drehte er um, brauste über den Damm zurück auf uns zu und bog, von uns aus gesehen, nach rechts ab. »Die Erde holen wir da drüben«, sagte Pete und deutete mit dem Finger auf eine Staubwolke hinter dem Buggy. »Wir graben gleichzeitig den Kanal. Dabei fällt eine Menge guter Lehm an. Stan, dein Stubengenosse, sitzt dort auf einer D-9-Raupe. Er fährt hinter den Buggys her und schiebt sie mit dem Planierschild, damit sie voll laden können und aus dem Dreck wieder herauskommen.«

»Bei der bloßen Vorstellung, mit einer Raupe einen beladenen Drecklaster zu rammen, wird mir himmelangst«, sagte ich.

Pete lachte. »Keine Sorge, mein Junge. Dein Job ist es, mit einem Laster hin- und herzufahren und Wasser auf die Erde zu sprühen, die sie abladen. Sie wird fester, wenn sie nass ist, so wird der Damm stabiler und nicht weggeschwemmt. Oder weggeblasen.« Er kicherte über seinen kleinen Scherz. »Siehst du die beiden Raupen mit den Rüttlern?« Er deutete zum anderen Ende des Damms. »Mit denen fährst du hin und her, stampfst das Zeug zusammen und wässerst es.«

»Was macht der Typ da?« Ich deutete auf den Grader, der langsam und schräg an der Steilwand des Damms entlangfuhr.
»Oh, der sorgt dafür, dass alles sauber, ordentlich und gerade ist. Wir müssen darauf achten, dass jede Lage topfeben wird, und dafür ist er zuständig.«
Er ist wie ein Sportreporter, der in allen Einzelheiten kommentiert, wie Dreck bewegt wird.
»Das sind die Bauingenieure.« Zwei Typen mit weißen Helmen lehnten sich aus einem geparkten grauen Halbtonner und sahen den Buggys zu. »Der Damm ist ein Regierungsauftrag. Die gehören nicht zur Firma, sind aber mit von der Partie.«
Ich entdeckte am anderen Ende des Damms einen großen roten Ford-Laster mit einem großen Wassertank hinten drauf. »Wo kriegen wir das Wasser her?«
»Von da unten.« Er zeigte nach links. Ein Feldweg, den ich bisher nicht bemerkt hatte, führte hinunter zum Bach. »Das ist der Blackfoot Creek. Da unten steht eine Pumpe, die mit einem Dieselmotor angetrieben wird. Wenn dein Laster leer ist, fährst du da runter und füllst ihn.«
Pete legte einen Gang ein, dass es knirschte. »Okay, genug gelabert. Damit ist kein Geld verdient. Sehen wir zu, dass du auf den Lkw kommst.«
Es war laut und staubig, und große Maschinen, größere als alle, auf denen ich bisher gesessen hatte, hüpften und dröhnten und brausten um uns herum. Ich kam mir vor wie auf einem Schlachtfeld. Und in dem Moment wollte ich nur

noch nach Hause und auf etwas Hübsches, Sicheres und Unkompliziertes wie einen John-Deere-Traktor steigen.

Louise Polonski
c/o Mrs. Sarah McQuarrie
P. O. Box 95
Settlers Butte, Saskatchewan

Donnerstag, den 8. Juli 1965, 21.58 Uhr

Hi, Süße,
Mann, wie ich dich vermisse. Und wir haben erst Donnerstag! Ich denke viel an dich, wenn ich den ganzen Tag Lastwagen fahre. Wie läuft es im Krankenhaus? Gefällt dir Settlers Butte? Es ist größer als Lashburg, und so hoffe ich, dass man dort mehr unternehmen kann – aber nicht zu viel! Ich hoffe, du hast meinen ersten Brief erhalten. Gerry hat ihn für mich am Dienstag nach Brewster gebracht. Er ist unser Koch.
Es war bis jetzt eine verrückte Woche. Schon wieder sind zwei Leute gefeuert worden. Einer hat den Motor seines Lasters geschrottet. Er hat übersehen, dass die Ölkontrolllampe brannte.
Ein Raupenführer ist über den Rand des Damms gefahren und das war für ihn das Aus. Beim bloßen Gedanken, über den Rand zu fahren, wird mir angst und bange. Pete, der Vorarbeiter, ist ein harter Hund. Er hat dich schneller gefeu-

ert, als du gucken kannst. Mit dem möchte ich es mir nicht verderben.
Meine Eltern fahren mit Nicky und Tracey-Lynn morgen nach British Columbia. Die Glücklichen! Am Wasser lässt es sich jetzt aushalten. Wir braten in den Öfen, die sie hier Wohnwagen nennen! Es ist mir schleierhaft, wie die Köche das den ganzen Tag aushalten.
Ich habe in meinem Wohnwagen ein altes Buch unterm Bett gefunden. *Vom Winde verweht.* Hast du es gelesen? Es ist ganz zerfleddert, und der Deckel ist abgerissen, aber es ist gut. Es geht um ein Mädchen namens Scarlett O'Hara (sie ist in unserem Alter), die auf einer Baumwollplantage in Georgia lebt. Das ist vielleicht eine! Die hat nur eins im Kopf, sie will diesen Waschlappen von Ashley heiraten. Das Ganze spielt kurz vor dem Amerikanischen Bürgerkrieg. Die alte Mrs. Carroll würde sich freuen, wenn sie wüsste, dass ich was für meine Bildung tue!
Auf jeden Fall ist das besser als pokern. Ein paar Typen hier spielen jede Nacht. Und wenn sie nicht pokern, fahren sie nach Brewster und trinken. Ein Typ namens Gus, der Mechaniker (Goldzahn, kahl wie eine Billardkugel, Arme und Beine triefend von Öl und Schmiere) hat Dienstagnacht seinen Monatslohn verspielt. Und es scheint ihn nicht mal zu jucken.
Stan, mein Stubengenosse, ist soweit ganz okay, leidet aber unter Dauerjuckreiz. Er kratzt sich ununterbrochen am Hintern und lässt seine dreckigen Unterhosen auf dem Boden rumliegen. Sie waren früher mal weiß, und ich will mich

nicht darüber auslassen, welche Farbe sie haben, wenn ich sie finde. (Du bekommt wahrscheinlich sowieso genug in der Art zu sehen.) Ich kicke die Unterhosen unter sein Bett, achte aber darauf, dass ich Stiefel anhabe. Und dann seine Arbeitssocken und der Schweißgeruch. Bei der Hitze vermischen sich Gerüche. Ich musste die Dose mit dem Fliederspray aus dem Wagen holen. Ich schätze, du kannst dir ein Bild machen. Das bringt einen ins Grübeln über die Leute, was? Was ist nur mit ihren Nasen los? Ein Gutes hat es ja, es hält die Stechmücken fern. Haha!
Meine Eltern haben mir zusammen mit Onkel Randy und Tante Lisa ein Carepaket geschickt. So kann ich jetzt meine Vogeldreckkekse knabbern, die ich am liebsten mag. Sie werden aus einer zähen weißen Masse und Cornflakes gemacht und sehen aus, als hätte sie eine Möwe im Vorbeiflug fallen lassen. Dad hat mir außerdem das Juniheft von *National Geographic* geschickt. Es enthält einen Artikel über Südvietnam. Dad hat gesagt, die ganze Sache sei nur amerikanische Propaganda. Trotzdem ist es gruslig, denn die Stadt Saigon ist wie eine Insel inmitten kommunistisch verseuchter Reisfelder und niemand kann einen Kommunisten von einem Nicht-Kommunisten unterscheiden. Deshalb können sich die Roten jederzeit einschleichen und die Amis in die Luft jagen.
Soviel für heute. Ich sehne mich wie verrückt nach dir. Ich vermisse diese großen braunen Augen. Ich kann nicht glauben, dass seit dem Sportfest in Lashburg erst eine Woche vergangen ist. Das Tanzen hat Spaß gemacht, nicht? Und erst

die Heimfahrt!!!! Mann, wie gern würde ich dich jetzt küssen. Ich kann fast deinen roten Lippenstift schmecken. Mmmm, das erinnert mich an deine wilde Zunge.
Hier gibt es kein Telefon, deshalb rufe ich dich am Sonntag von der Stadt aus an – mein freier Tag. Du kannst mir an folgende Adresse schreiben: Bailey Brothers Construction, P. O. Box 44, Brewster. Ich kann es kaum erwarten, einen Brief von dir zu bekommen. Ich höre gerade die Beach Boys auf einem Radiosender in Nebraska. Den kriegt man hier glasklar rein.

Eric, der Dammbauer

Sonntag, den 11. Juli 1965

»Diese Stadt ist mausetot.« Chip riss angewidert das Lenkrad seines Halbtonners herum und bog in die Hauptstraße ein. Wir fuhren durch Brewster, die Kleinstadt, die dem Damm am nächsten lag. Chip war ein Buggyfahrer aus Saskatoon. Er war zwei Jahre älter als ich. Irgendwie fand ich ihn klasse.
»Sieht aus, als hätten die Russen das Kaff bombardiert.«
»Das wäre reine Verschwendung.« Wir lachten.
Es war Sonntag. Es war heiß, die Sonne schien und wir langweilten uns zu Tode. Nichts hatte offen und kaum eine Menschenseele war auf den breiten staubigen Straßen. Chip fummelte am Radio und suchte nach einem Sender, der nicht Jimmy Reeves spielte. Wir fuhren durch eine Nebenstraße

mit verwitterten Gehsteigen aus Holz und Ahornbäumen. An einem kleinen senfgelben Haus hing ein weißes Schild, auf dem Nadel und Zwirn abgebildet waren und der Name *Miss Pin-A-4* prangte. Irgendwie fand ich das Schild deprimierend.

»Gehen wir zu BA und trinken ein Coke. Danach möchte ich Louise anrufen.«

Ich steckte ein 25-Cent-Stück in den Schlitz des Kühlautomaten, ließ die Flasche durch den Metallschacht rattern und zog sie heraus. Ich knackte den Kronkorken am Flaschenöffner daneben, reichte die Flasche Chip und zog eine zweite.

Wir setzten uns auf den grau gestrichenen Bordstein vor der Tankstelle. Die hatte zu. Kein Mensch war zu sehen. Ein staubiger gelber Hund lag ausgestreckt im Schatten neben der Tür und schlief. Chip deutete mit seiner Flasche über die Straße. »Neben dem Hotel ist eine Telefonzelle.« Er schüttelte ein Insekt aus seinem schulterlangen Haar.

Ich betastete die Tasche meiner Jeans. Ich hatte genug Kleingeld. Ihre Nummer hatte ich mir auf die Handfläche geschrieben. Ich fütterte das Telefon mir zwei 25-Cent-Stücken und einem Nickel und ließ mich von der Vermittlung verbinden.

»Hi? Louise?«

»Hi.« Sie klang müde, überrascht.

»Wie geht's?«

»Gut. Jane und ich sind eben erst aufgestanden. Zumindest erst vor kurzem. Wie spät ist es?«

»Halb drei, ihr Schlafmützen, etwas später. Ich bin mit Chip, einem Kollegen, in Brewster. Wir haben unseren freien Tag, aber hier ist nicht viel los.«

»Ja.« Sie gähnte. »Und wie geht's dir?«

»Gut. Sofern man von gut sprechen kann, wenn man den ganzen Tag mit einem großen Wassertruck hin- und herfährt.« In der Telefonzelle wurde es drückend heiß. Ich öffnete die Klapptür, stellte den Fuß in den Spalt und nahm einen Schluck von meinem Coke. Chip stieg in seinen Lieferwagen. »Ich vermisse dich, Louise.«

»Ja.« Sie seufzte. »Ich dich auch.«

»Es ist schön, deine Stimme zu hören. Du klingst so warm und verschlafen. Ich wäre jetzt lieber bei dir, statt hier rumzuhängen.«

»Ich weiß. Du klingst so weit weg.«

Ich stellte sie mir vor, dass sie einen Schlafanzug mit kurzer Hose anhatte und sich mit angezogenen Beinen in einen Sessel kuschelte.

»He, weißt du was? Pete, der Vorarbeiter, hat heute Morgen zu mir gesagt, dass sie mich zum Raupenführer ausbilden wollen! Ich weiß nicht, ob ich das gut finden soll – so wie sie hier die Leute feuern. Ich soll in der Nachtschicht eine große Raupe fahren, die einen Rüttler zieht. Aber die eigentliche gute Nachricht ist, dass ich drei Tage freibekommen habe.«

»Toll. Wann?« Louise klang wacher. Chip hielt mit plärrendem Radio neben dem Gehsteig. Ich gab ihm ein Zeichen, leiser zu drehen.

»Ab Donnerstag. Ich fahr gleich nach der Arbeit los. Und ich muss nicht vor acht am Sonntag zurück sein. Welche Schicht hast du? Kannst du dir freinehmen?«

»Ich muss jeden Tag arbeiten, auch am Freitag, aber wir fangen morgens schon um halb acht an, deshalb bin ich früh fertig. Ich kann gegen sechs zu Hause sein.«

»Toll. Lass uns was unternehmen. Was meinst du?« Chip hupte und deutete über die Straße. Zwei Mädchen schlenderten am Lebensmittelladen vorbei. Sie waren sechzehn, siebzehn – schwer zu sagen. Die Blonde winkte. Ihre mollige Freundin, eine Brünette, kicherte. Chip nickte in ihre Richtung. Ich schüttelte den Kopf, ließ die Tür der Telefonzelle zufallen.

»Ja, vielleicht können wir ein paar aus der Clique zusammentrommeln und Würstchen braten.« Chip hupte erneut, diesmal zu den Mädchen. Er winkte. Die Brünette sagte etwas und beide lachten laut.

»Okay, toll. Hör zu, ich muss los. Aber ich rufe dich am Freitag kurz nach sechs an, okay?«

»Prima.«

»Der 58er-Ford wird nach Hause fliegen!«

Louise lachte. Ich meinte fast, ihre weißen Zähne blitzen zu sehen.

»Hier ist ein dicker fetter Kuss, der reicht bis Freitag.« Sie lachte über den langen Schmatz, den ich ins Telefon machte.

»Und hier ist einer für dich«, sagte sie.

Ich genoss ihn wie ein liebeskranker Hund.

»Bye. Danke für den Anruf.«

»Bye, Danke, dass du da warst.«

Als ich die Telefonzelle verließ, kam ich mir vor wie frisch aus der Sauna. »Nein«, sagte ich zu Chip, als ich in den Wagen stieg. »Ich habe keine Lust, den Hühnern nachzusteigen.«
»Ach, komm.« Er lachte. »Wie viele Meilen ist sie weg?«
»Viel zu viele.« Ich trank mein Coke leer. Es war warm wie Spucke. »Fahren wir zurück. Wir könnten ein bisschen mit dem Football werfen.«
»Scheiße«, sagte Chip, blickte ein letztes Mal zu den Mädchen, die weitergegangen waren, und schlug das Lenkrad ein, um zu wenden. »Hoffentlich ist sie es wert, Kumpel.«
Ich hörte nicht zu. Für mich war schon Freitag.

Mittwoch, den 21. Juli 1965

»He, du kleiner Kerl, woher weißt du denn, dass ich meine 22-er nicht dabei habe?« Der Ziesel hockte aufrecht vor seinem Bau und quiekte. Sein Kopf zuckte mal hierhin, mal dorthin, während er mich misstrauisch beäugte, dann blickte er hinter sich und verschränkte die Vorderpfoten vor der Brust. Sein goldbraunes Fell glänzte.
»Ich trinke nur meinen Kaffee. Diesmal hast du Glück gehabt, Kleiner.« Ich saß auf einem Stein, nicht weit vom Lager entfernt. Die Sonne stand hoch. Es war halb zwölf. Es hatte die ganze Nacht geregnet, nicht so stark, dass wir die Arbeit hätten einstellen müssen, aber doch so viel, dass die Prärieluft jetzt klar und frisch war. Nach drei Nachtschichten hatte ich immer noch Mühe, tagsüber zu schlafen.

Wieder quiekte es. Der Kopf eines zweiten, kleineren Ziesels war aufgetaucht, ein Weibchen. Es kroch langsam hervor, blieb aber hinter dem Männchen in Deckung. »Ah, guten Morgen, die Dame. Und was habt ihr beiden jetzt vor?«

Ich hatte an Louise gedacht. Wir hatten zusammen mit ein paar Freunden am Samstagabend Würstchen gebraten. Die meiste Zeit hatten wir am Feuer gesessen und gelacht. Louise war voll in Fahrt und erzählte von ihren Patienten. Ein paar von ihnen waren richtige Originale wie die beiden alten Norweger Casper und Sigurd. Sie führte uns vor, wie Sigurd einen Hecht nachmachte, der einen Angelhaken beäugt. Es war zum Schießen.

Der Sonntag war das Beste. Louise und ich gingen schwimmen, am Sandy Coulee, nur wir beide. Außer uns war niemand da. »Wer als Erster am anderen Ufer ist«, rief ich und hechtete hinein. Keuchend und lachend erreichten wir das Flache. Ich bespritzte sie. Louise duckte sich und bekam einen Hustenanfall. Ich beobachtete, wie das Wasser glitzernd an ihrer braunen Haut herunterlief. Wie zwei Seehunde glitten wir ins Wasser zurück und tauchten. Louise kam hinter mir wieder hoch. Sie packte mich an den Schultern und drückte sich von hinten an mich. Ich spürte ihre Brüste, Arme und Beine, warm und glitschig. Ich drehte mich um, zu lachenden Augen, nassen Lippen. Wir küssten uns, schmiegten uns aneinander, schlangen die Beine umeinander und sanken, immer tiefer, bis uns die Luft ausging. In der warmen Sonne auf meiner Decke machten wir weiter. Kumuluswolken zogen am blauen Himmel auf, so weiß und flauschig wie frisch gewaschene Wäsche, und Frank Sinatra sang im Autoradio. Wir küssten uns ohne Ende. Allein, in unseren Badesachen konnten wir einfach nichts anderes tun. Der Abschied später war traurig, so als ob man langsam an einem Gummiband zieht, bis es reißt.

Tschüs. Sehe ich dich bald wieder?

Ein Schatten huschte über den Boden. Die Ziesel quiekten – ein schriller Alarmruf – und verschwanden in ihrem Bau. Eine Höhleneule auf der Jagd. Ich beschattete meine Augen und beobachtete, wie sie vor der Sonne eine Kurve flog, herabstieß und außer Sichtweite landete. *Die muss da drüben in einem verlassenen Dachsbau wohnen.* Ich stand auf. Mein Kaffeebecher war leer.

»Klopf, klopf«, rief ich durchs Fliegengitter an der Tür von Gerrys und Lilys Wohnwagen. Ein Radio dudelte.

Lily kam an die Tür. »Nanu«, sagte sie und winkte mit einem breiten Grinsen. »Der Raupenführer. Komm rein.« Sie trat auf die Seite. »Wie ich sehe, hast du deinen Becher mitgebracht.«

Ich kletterte in den Wagen. Wir hatten uns schon ein paar Mal unterhalten, gewöhnlich abends, wenn sie draußen auf den Stufen saßen. Sie hatten mich eingeladen, mal vorbeizukommen.

»Gerry, bring dem Jungen frischen Kaffee.« Pete nannte mich immer Junge. Der Name schien sich durchzusetzen.

»Ich kann nicht schlafen.« Ich hielt Gerry den Becher hin, als er mit einer vollen Kanne auf mich zukam.

»Tja, aber davon wird es nicht besser«, lachte Gerry und goss mir kohlschwarzen Kaffee ein. »Wie trinkst du ihn?«

»Schwarz, danke.« *Scheiße.* Es machte mich nervös, in ihrer Gegenwart das Wort auszusprechen. Gerry schien es nicht zu bemerken.

»Setz dich doch.« Er deutete auf einen hölzernen Küchenstuhl.

»Es liegt vor allem am Generator, und an den Rollos an meinem Wohnwagen. Die verdammten Dinger lassen die Sonne durch.«

Gerry setzte sich mir gegenüber an den kleinen Chromtisch mit Resopalplatte. Lily pflanzte sich auf ein abgenutztes Sofa.

»Außerdem machen die Mechaniker ständig Krach«, fügte sie hinzu. Lily war eine dicke Frau. In ihrem geblümten orangefarbigen Sackkleid bot sie auf dem gelbkarierten Sofa einen verblüffenden Anblick.

»Ja. Ölkannen-Gus und der wilde Willy«, sagte ich. Sie lachten.

Abgesehen von Sofa und Küchentisch war die Einrichtung spärlich. Ein Kleiderschrank aus Holz, ein Doppelbett, ein schwarzer Schrankkoffer mit zwei Lederriemen. Und auf zwei Orangensaftkisten, die mit Taschenbüchern voll gestopft waren, stand ein kleiner roter Fernseher. Mir fiel ein, dass ich auf ihrem Dach eine Antenne gesehen hatte. Aus einem Transistorradio voller Farbspritzer dudelte leise Musik.

»Und, fährst du gern Planierraupen?«, fragte Gerry.

»Der alte Pete ist nicht unbedingt der beste Fahrlehrer.« Ich schlürfte an meinem Kaffee. Er schmeckte köstlich nach Schokolade, ganz anders als der Kaffee in der Kantine. »Als ich am Sonntag zurückkam, lief der Motor der Raupe und er sagte: ›Rauf mit dir.‹ Er ist keine zehn Meter mit mir gefahren. Ohne Witz!« Lily lachte und langte nach einem Päckchen Camel auf dem Fensterbrett hinter ihr. »Er hat mir gezeigt, wie man lenkt und wie man schaltet und beim Kurvenfahren die Bremsen einsetzt, das war alles.« Gerry lächelte, stand auf, entzündete ein Streichholz und hielt es an Lilys Zigarette. »Ich konnte es nicht fassen. Kein Wunder, dass die Leute über den Rand das Damms fahren und gefeuert werden, wenn sie nicht besser eingewiesen werden.«

»Ja, aber du darfst eines nicht vergessen, Eric.« Gerry hielt inne und zündete sich selbst eine Zigarette an. Das Streichholz ließ er in die leere Bierflasche auf dem Tisch fallen, in der ein paar verwelkte Sonnenblumen standen.

»Du kommst von einer Farm. Du kennst dich mit Maschinen und so aus.«

Ich zuckte die Schultern. »Das schon. Aber eine Planierraupe fahren, das ist etwas ganz anderes. Wir fahren immer nur vor und zurück. Nach zwei Stunden wird das ziemlich langweilig. Wie soll man da die ganze Nacht wach bleiben?«

»Aber sind die Sterne hier draußen nicht schön? Und es gibt so viele!« Lily schaute nach oben, als könnte man sie durchs Dach ihres Wohnwagens sehen. »Ich habe in meinem Leben noch nie so viele Sterne gesehen wie hier draußen.«

»Wenn man es schafft, die Augen offen zu halten. Das Gebläse der alten Raupe leitet die ganze Hitze aus dem Motorraum nach innen, deshalb ist es die ganze Nacht heiß. Und ich bekomme nicht viel Schlaf. Ihr dürft Pete nichts davon erzählen, aber in der zweiten Nacht, gegen vier Uhr morgens, bin ich im Stehen gefahren, um wach zu bleiben. Und dann weiß ich nur noch, dass ich auf dem Schaltpult lag. Ich war eingeschlafen.«

Lily stockte der Atem. »Du liebe Zeit! Hast du dir was getan, Junge?«

Ich lachte. »Nein, mir ist nichts passiert. Zum Glück bin ich nicht auf der Gleiskette gelandet, sonst hättet ihr mich in einer langen flachen Kiste begraben können. Aber danach war ich hellwach.«

Gerry schüttelte den Kopf.

An der Wand hing ein Zinnteller mit einem Bild des Schoners *Bluenose.* Darunter stand »Nova Scotia«. Um das Thema zu wechseln, deutete ich mit dem Finger darauf: »Macht ihr dort Ferien?«

Gerry antwortete. »Nein, wir stammen von dort, ursprünglich wenigstens. Aus Halifax. Aber dort gibt es keine Jobs, deshalb arbeiten wir seit mehreren Jahren im Westen.«

Lily schaltete sich ein. »Schon mal von Africville gehört?«

Ich schüttelte den Kopf.

»Das ist ein Stadtteil von Halifax«, erklärte Gerry.

»Ein Armenviertel«, unterbrach ihn Lily. »Voller Farbiger aus Halifax, von allen möglichen Inseln in der Karibik.«

»Ich hätte nie gedacht, dass dort … äh …«

»Schwarze leben?« Lily lachte. »Nur zu, sprich es ruhig aus.«

Ich war mir sicher, dass mein weißes Gesicht knallrot war.

»Ja.« Ich schluckte, dankbar für ihr Hilfe. »Ich wusste nicht, dass im Osten so viele Farbige leben. In Lashburg gibt es jedenfalls keine.«

Gerry lachte. »Oh, dort leben viele. Und schon seit etlichen Jahren. Länger als viele Weiße, die aus Europa gekommen sind.«

»Seine Leute«, setzte Lily hinzu, »sind aus den Staaten geflohen, um der Sklaverei zu entgehen.«

»Mein Urgroßvater«, sagte Gerry, »hat seine ganze Familie hierher gebracht, obwohl er nur ein Bein hatte.«

»Erzähl ihm von ihm«, sagte Lily. Ihre Augen funkelten. Zigarettenasche fiel auf ihr Kleid und sie wischte sie weg wie eine Fliege.

»Also, sie lebten auf einer Plantage in Georgia und er hatte versucht wegzulaufen und war dabei erwischt worden. Mit Bluthunden. Und als sie ihn zurückbrachten, kam der Besitzer mit einem Gewehr und schoss ihm einfach ins Knie. Einfach so! Alle anderen Sklaven standen drum herum, und er sagte, das solle ihnen eine Lehre sein. Da sie von den Weißen keine Medikamente bekamen, besorgten sie ihm Buschmedizin. Aber als er Wundbrand bekam, mussten sie ihm das Bein abnehmen. Sein Hass war so groß, dass er lieber sterben wollte, als in Georgia zu bleiben. Und so floh er mit seiner Familie. Sie brauchten drei Monate, bis sie in Nova Scotia waren. Und dann sind sie in dem Winter halb erfroren.« Gerry lachte.

»Nein, Halifax war mit Sicherheit nicht das gelobte Land«, sagte Lily mit einem tiefen Seufzer und schüttelte den Kopf. »Und jetzt wird Africville komplett abgerissen, so dass die Schwarzen in weiße Viertel ziehen müssen. Stadtsanierung nennt sich das.«

»Ich lese gerade *Vom Winde verweht*«, sagte ich, um zu zeigen, dass ich von diesen Dingen nicht völlig unbeleckt war.

Gerry nickte höflich. »Das ist eine gute Geschichte.«

Lily hievte sich aus der Couch und schlurfte rüber zur Kaffeekanne. »Die hatten Schwarze für alles, ließen sich vorn und hinten von ihnen bedienen, ließen sie die Felder bestellen. Sie hatten sogar kleine farbige Kinder, die zu den Weißen hinausrennen und die Zügel ihrer Pferde halten mussten. So ein Leben könnte ich mir nicht vorstellen …«

»Pscht.« Gerry hob die Hand und drehte an dem Radio auf dem Regal hinter ihm. CBS brachte Nachrichten. »Allmächtiger Gott!«

»… die beiden Kirchen am Stadtrand von Greensboro, Alabama, bestanden aus Holz. Sie brannten innerhalb von Minuten nieder …«

»Du lieber Himmel!« Lily schlug die Hände vors Gesicht. Gerry starrte zu Boden und lauschte grimmig.

»Nach Meinung von Schwarzenführern sollen die Farbigen mit den Bränden eingeschüchtert und davon abgebracht werden, sich für die Wahlen im November registrieren zu lassen …«

»Natürlich, was denn sonst«, sagte Lily.

»… und in Anniston, Alabama, ist der Schwarze, dem am Samstag auf einer einsamen Landstraße in den Hals geschossen wurde, mittlerweile gestorben. Willie Buxton wurde achtunddreißig Jahre alt. Vier Weiße schossen aus einem fahrenden Wagen auf ihn, als er mit mehreren anderen Schwarzen von der Arbeit nach Hause ging.«

Gerry schaltete das Radio aus. Wir saßen schweigend da. Ich wusste nicht, wo ich hinsehen sollte. Zum ersten Mal in meinem Leben schämte ich mich für meine Hautfarbe.
Ich dankte ihnen für den Kaffee, ging in meinen Wagen zurück und versuchte zu schlafen. Doch ich konnte nicht. Ich schnappte mir eine *Regina Leader Post,* in der Stan gelesen hatte. Auf der Titelseite war ein Foto von amerikanischen Soldaten in Vietnam. Sie rannten und trugen zwischen sich einen blutüberströmten Kameraden. An dem Foto fiel mir etwas auf. Die Soldaten waren alle Schwarze.

Louise Polonski
c/o Mrs. Sarah McQuarrie
P. O. Box 95
Settlers Butte, Saskatchewan

Guten Morgen, Louise,
heute ist Montag, der 26. Juli, gegen halb vier nachmittags. Ich bin gerade aufgewacht und schwitze wie ein Bär. Ich hatte einen furchtbaren Traum. Ich war in Vietnam, mitten in einem Dschungelgefecht, und ein Vietnampanzer überrollte mich. Ich schrie, meine Beine wurden zerquetscht. Sie sahen aus wie Spaghetti mit Fleischsoße. Dann landete ein großer Hubschrauber und du warst mit an Bord. Du warst Krankenschwester in einer Sanitätseinheit und hattest den hellroten Lippenstift aufgelegt. Du bist zu mir gekommen und hast mich angesehen. Aber du hast nur den Kopf geschüttelt und

zu diesem Typ gesagt: »Der macht's nicht mehr lange.« Und dann habt ihr, du und der andere Sanitäter, einen anderen aufgehoben und zum Helikopter getragen. Ich habe mich aufgerichtet und gerufen, aber ihr habt mich nicht gehört. Ihr seid in den Hubschrauber gestiegen und abgeflogen. Scheiße, es war schrecklich.
An dieser Stelle wachte ich auf. Der verdammte Generator knatterte, Lastwagentüren knallten. Ich fühle mich grauenhaft. Wer ist eigentlich dieser Tony? Du hast ihn dreimal in deinem Brief erwähnt. Der Brief lag auf dem Bett, als ich heute Morgen zurückkam. Gehst du mit ihm aus? Ich fühle mich jetzt so fern von dir.
Zu allem Überfluss ist Chip auch noch weg. Er hat sich den Arm gebrochen, damit kann er seine Hoffnungen in Sachen Football begraben. Er hatte einen Zusammenstoß mit einem anderen Buggy. Er konnte nichts dafür. Die Buggys haben eine elektrische Lenkhilfe, und sie vermuten, dass Staub ins System gekommen ist und es blockiert hat. Die Scheißkarre ließ sich einfach nicht mehr lenken und hat einen anderen Buggy gerammt. Chip war nicht angeschnallt und wurde hinausgeschleudert. Er hatte noch Glück. Er hätte auch überfahren werden können. Er war der einzige junge Typ hier außer mir.
Ich habe von meinen Eltern eine Postkarte bekommen. Sie haben wie gewöhnlich einen tollen Urlaub. Schätze, ich geh jetzt besser duschen. Rufe dich am Mittwochabend an.
Ich umarme dich,
Eric

Montag, den 2. August 1965

»Hallo, Mrs. McQuarrie?«
»Ja?« Sie hatte eine brüchige Großmutterstimme.
»Hi, hier ist Eric.«
»Eric?«
»Ja, Eric Anderson. Louises Freund aus Lashburg.«
»Ach ja, Eric.« Sie lachte. »Entschuldigung, aber die Batterien in meinem Hörgerät lassen anscheinend nach. Ich höre heute nicht sehr gut.«
Ich hörte, wie die Standuhr schlug. Louise und ich hatten neulich abends am Telefon gestritten. *Unser erster Streit.* Seitdem war ich fix und fertig. »Ist schon in Ordnung. Ist Louise da?«
»Louise? Ja, es geht ihr gut.«
»Nein.« Lauter und langsamer. »Ist Louise da?«
»Ach so, nein. Die sind weg. Die haben heute Abend Training. Tony hat sie vor ein paar Minuten abgeholt.«
Tony! Seinetwegen hatten wir uns gestritten. *Warum ist sie nicht da?*
»Wissen Sie, wann sie wiederkommen?«
»Wiederkommen? Nein, ich habe keine Ahnung.« Sie lachte. »Hier herrscht ein ständiges Kommen und Gehen, ihr jungen Leute habt ständig etwas vor, da kann ich nicht mehr mithalten.«
So hat wenigstens eine ihren Spaß. »Würden Sie ihr bitte sagen, dass ich angerufen habe?«
»Oh ja, das werde ich. Ganz bestimmt.«

»Ach übrigens, wissen Sie, ob sie meine Postkarte bekommen hat?« *Du klammerst dich an einen Strohhalm, Junge.*
»Oh, du liebe Güte, nein. Ich lege die Post für die Mädchen hier auf den Tisch im Flur. Ich weiß es nicht. Ich erinnere mich nicht, eine Postkarte gesehen zu haben.«
»Macht nichts. Haben Sie vielen Dank, Mrs. McQuarrie. Bitte sagen Sie ihr, dass ich angerufen habe.«
»Ja, das werde ich, mein Junge. Es war nett, mit dir zu plaudern. Auf Wiederhören.« Sie legte auf.
»Wiederhören«, sagte ich zu dem toten Telefonhörer in der Telefonzelle in Brewster.

Sonntag, den 8. August 1965

Große Regentropfen zerplatzten auf der Windschutzscheibe. Ich schaltete den Scheibenwischer an, lehnte mich rüber, klappte das Handschuhfach auf und stellte das Radio an.
»Other arms reach out to me«, sang ich zusammen mit Ray Charles. Sein *»Georgia On My Mind«* war einer meiner Lieblingssongs.
»Other Eyes smile tenderly, still in peaceful dreams I see, the road leads back to you.«
Ich fuhr ins Camp der Bailey Brothers zurück. Es war später Sonntagabend. Der Highway war tintenschwarz und schlüpfrig vom Regen, meine Windschutzscheibe mit toten Insekten verschmiert.
Ich hatte das Wochenende bei Chip in Saskatoon verbracht

und wir waren in seinem roten Cabrio durch die Gegend gegondelt. Ein Galaxy 500, nagelneu! Er hatte ihn von seinen Eltern geschenkt bekommen. Zum Trost, weil er sich den Arm gebrochen hatte. Und nicht Football spielen konnte. Hätte mir auch gefallen.

»Georgia. Georgia.« Das Krächzen kam nicht aus dem Radio. *Mensch, wenn ich doch nur singen könnte.*

Chips Eltern hatten ein Textilgeschäft und wohnten in einem großen Steinhaus in der Nähe der Universität. Sie hatten einen Swimmingpool im Garten. Dort hatten wir den größten Teil des Wochenendes verbracht. Seine Schwester Lisa jobbte als Bedienung im Drive-in-Restaurant A & W und so fuhren wir ein paar Mal vorbei und zogen uns Granpa-Burger und Kräuterlimonade rein. Chips Mutter verbrachte den Sommer in ihrem Haus oben in Waskesiu und sein Vater war übers Wochenende hingefahren. Sie hinterließen eine gut sortierte Hausbar.

»No peace, no peace I find – just an old sweet song …«

Ich hatte festgestellt, dass ich Scotch überhaupt nicht mag. Und Bourbon schmeckt zum Kotzen. Roggenwhisky und Coke mit Zitrone ist okay. Wir waren heute etwas mitgenommen und hingen nur am Pool rum. Schade, dass Louise nicht hier sein konnte. In ihrem schwarzen Badeanzug, ganz nass und warm.

Ich bog ins Camp ein. Nach den zwei Tagen in der Stadt kam es mir potthässlich vor. Die schmuddeligen Wohnwagen sahen in der Dunkelheit wie alte Knochen aus. Ich ging in den Toilettenwagen, um mir die Zähne zu putzen. In den

Duschen lief Wasser, aber es klang nicht so, als sei einer drin. Ich ging rein, um es abzudrehen.

Verdammt. Da lag einer auf dem Boden der Dusche, vollständig angezogen.

»He, bist du okay?« Keine Antwort. Dampf quoll mir entgegen. Ich fasste hinein, drehte den Wasserhahn ab und bückte mich. Es war Stan. Er stank nach Schnaps.

»Stan.« Immer noch keine Antwort. *Jemand hat ihn hier abgeladen.* »Komm, raus hier.« Ich versuchte, ihn hochzuheben, aber er war zu schwer. Ich schleifte ihn aus der Dusche und legte ihn auf die Dielen.

Oh, Stan. Er stank wie die Pest. Und nicht nur nach Schnaps. Er hatte in die Hosen geschissen. Und sich voll gekotzt. »So eine Schweinerei.« *Ein schöner Empfang.*

Stan stöhnte.

»Na ja, wenigstens bist du noch am Leben«, sagte ich.

Ich musste ihm die Kleider ausziehen. Aber nass waren sie schwer herunterzukriegen. Es war wie ein Ringkampf mit einem Toten. Ich warf seine Sachen in die Ecke, schleppte ihn zurück unter die Dusche.

»Erwart bloß nicht, dass ich dich abseife, du stinkender alter Bock.« Ich drehte das warme Wasser auf, nach einer Minute stellte ich auf kalt.

Stan stöhnte unter dem Schock, riss die Augen auf, blinzelte, versuchte, etwas zu erkennen. Dann kniff er sie, vom grellen Licht im Wagen geblendet, wieder zusammen. Er sah sehr alt aus, weiß und fett.

»Los, ab ins Bett mit dir.« Ich drehte das Wasser ab, packte ihn unter den Achseln und hob ihn hoch. Wieder öffnete er die Augen, aber es sah nicht so aus, als könnte er etwas erkennen. Er stand wackelig auf. Ich legte mir seinen Arm über die Schulter. Er hing an mir wie ein nasser Sack und zitterte. Wir schwankten die Treppe runter in die Dunkelheit.

Es regnete noch schwach. Halb zog, halb führte ich den nackten, barfüßigen Stan über das zertrampelte Gras zu unserem Wagen. Er schaffte es nicht ganz. Vor unserer Tür blieb er stehen, beugte sich vornüber und entleerte den Rest seines Mageninhalts in den 20-Liter-Kübel, den wir als Mülleimer benutzten. Dann kroch er auf allen vieren die Stufen hinauf und streckte den nackten Arsch in die Luft.

Ich lachte grimmig. »Was für ein unvergesslicher Anblick.«

Stan kletterte ins Bett und sackte zusammen wie ein Zelt. Ich zog die Decke unter ihm hervor und deckte ihn zu. Er schlotterte, seine Hände zitterten.

»Ohhh.« Stan begann zu weinen, dann zu brabbeln.

»Was?« Wieder nur Gebrabbel. Ich beugte mich über ihn. »Stan, ich kann dich nicht verstehen.« Er hatte das Gesicht im Kissen vergraben. »Schlaf jetzt, um Gottes willen. Ich bin müde. Ich möchte ins Bett.«

»J-J-Junge?« Stan wälzte sich auf die Seite, bettete den Kopf auf seinen Arm. Wieder murmelte er etwas. »… Frau … und Kinder …«

Scheiße. Ich ging zum Klappstuhl, räumte den Müll weg und zog ihn ans Bett. »Ich kann dich nicht verstehen. Was willst du mir sagen?«

Er richtete sich etwas auf. »Ich … ich … ich hatte selbst mal einen Laden wie den hier, zusammen mit ein paar anderen Jungs. Vor zehn Jahren. Ob du's glaubst oder nicht.« Er hielt inne, schniefte, wischte sich den Rotz von der Nase, zog einen Streifen davon über seine Wange. »Wir waren oben im Norden auf einer Baustelle. Das Telefon klingelte …« Seine Stimme bebte. Er begann, wieder zu weinen, stieß die Worte zwischen Schluchzern hervor. »Meine Frau. Meine Kinder. Tot. Das Haus abgebrannt. Ich wusste nicht, was ich tun sollte.« Seine Stimme verlor sich, als er den Kopf sinken ließ. Seine Schultern zitterten. Ich saß da wie angewachsen.

»Ist schon in Ordnung, Stan. Schlaf jetzt. Du kannst es mir morgen früh erzählen.« Ich zog seine Decke höher.

»Nein, nein.« Er winkte mich zurück. »Bleib.« Ich setzte mich wieder auf den Stuhl. »Ich war fertig, total am Arsch. Ich hatte vorher schon getrunken, aber jetzt war ich nur noch besoffen und blieb es sechs Jahre lang.« Er sah zu mir auf. »Ich hatte alles verloren. Alles, was mir jemals etwas bedeutet hatte. Ich verlor den Mut. Fing mich nie wieder. Obwohl ich zu den Anonymen Alkoholikern ging. Und heute …« Er machte eine Pause und stierte ins Leere. »Heute bringe ich hier die Zeit rum.«

Er machte eine Pause, zog an der Decke und wickelte sich hinein wie ein kleiner Junge. »Du musst herausfinden, wer deine Freunde sind, Junge. Die Leute von Baley haben gesagt, dass sie immer einen Job für mich haben, wenn ich will.« Blinzelnd sah er mich an. »Du hast Grips, Junge. Doch, doch, schüttel nicht den Kopf. Aber sieh zu, dass du dein Leben nicht wegwirfst, das ist alles.« Die Trauer in seinen tränenden roten Augen versetzte mir einen Stich. Er blinzelte, dann schloss er die Augen und schlief ein. Besser gesagt, wurde ohnmächtig. Und schnarchte.

Ich saß noch lange da und lauschte dem Regen auf dem Dach. Ich war überhaupt nicht mehr müde. Ich ging ins Bett, schlug mein Buch auf und schlief darüber ein, während der Krieg zwischen den Nord- und Südstaaten tobte und Verwundete Lazarette und Bahnhöfe füllten.

Louise Polonski
c/o Mrs. Sarah McQuarrie
P. O. Box 95
Settlers Butte, Saskatchewan

13. August 1965

Hallo Louise,

ich habe noch immer nichts von dir gehört. Ich versuche zu verstehen, was los ist, aber es fällt mir schwer. Wir sind doch gute Freunde. Habe ich Recht? Es ist verrückt, dass ich überhaupt frage. Es wäre toll, wenn ich dich wiedersehen könnte – bald. Ich hoffe sehr, dass du mir schreibst. Doch die Tatsache, dass du es noch nicht getan hast, bedeutet, dass du mir etwas sagen willst und nicht kannst. Ich würde so gern mit dir darüber reden, aber du bist ja nie da, wenn ich anrufe.

Zurzeit kommt mir alles so sinnlos vor. Die ganze Welt spielt verrückt. In Chicago und Los Angeles gibt es Krawalle. In

Vietnam schlachten sich Kommunisten und Amis gegenseitig ab. In den USA schießen Weiße und Schwarze aufeinander. Der Ku-Klux-Klan hat in Amherstburg, Ontario, sogar ein Kreuz verbrannt. Es ist zum Aus-der-Haut-Fahren.
Meine Eltern sind übrigens zurück. Sie hatten eine schöne Zeit. Nächstes Wochenende fahre ich auf die Farm und helfe, die Mähdrescher für die Ernte flottzumachen. Das bedeutet, dass der Sommer fast vorbei ist. Ich kann noch gar nicht an die Schule denken. Football, ja. Hausaufgaben, nein.
Tja, der Brief ist diesmal kurz geraten. Ich muss eine Raupe fahren. Ich vermisse dich wie verrückt.
Eric

PS Heiliger Strohsack! Ich habe gerade Radio gehört. In Los Angeles haben letzte Nacht siebentausend Schwarze randaliert. Dick Gregory, der Komiker, wurde niedergeschossen und es hat viele Tote gegeben! Was, zum Teufel, ist da unten nur los?

Samstag, den 14. August 1965

Zack! Die Fünf-Punkte-Kugel zischte wie ein blauer Strich an einem Haufen roter vorbei. Plumps. In die Ecktasche.
»Wie ich sehe, hast du deine Jugend doch nicht ganz vergeudet.«
Ich schaute auf. Pete stand da und grinste.
»Hi, wie geht's?« Er trug keinen Hut. Dünnes Haar klebte,

nach hinten gekämmt, auf seiner braun gebrannten Farmerhaut. Er hatte geduscht und trug saubere Sachen. Für mich ein ungewohnter Anblick.

»Muss mir mal wieder das Ohr abkauen lassen.« Er nickte in Richtung Albert, dem Friseur. Der Laden, in dem wir waren, hieß Brewster Pool Hall & Barber Shop und war nach der Bierstube des Hotels samstags abends *der* Treffpunkt in der Stadt. Albert, dessen kahlen Schädel ein grüner Augenschirm rahmte, hatte einen Kunden und schwatzte beim Schnippeln unaufhörlich, wobei seine blitzende Schere die Satzzeichen setzte. Eine nackte Glühbirne baumelte über ihnen an einem durchgescheuerten Kabel. Bunte Flaschen mit Haarwasser standen aufgereiht vor dem Spiegel.

Ich spielte Pool mit Gord und Duff, zwei Typen aus dem Camp. Duff ging pinkeln. Gord lehnte sich neben der Anschreibtafel an die Wand und rieb seinen Queue mit Kreide ein. Ich hatte mit Pete noch nicht viel geredet, obwohl ich schon lange im Camp war. Ich versuchte einfach, ihm aus dem Weg zu gehen und meine Arbeit zu tun.

Ich ging um den Tisch herum und überlegte mir einen Stoß mit einer roten Kugel. Ich wusste nicht, was ich zu ihm sagen sollte.

»Es war eine gute Woche.« Es klang mehr wie eine Frage als sonst was.

»Jedenfalls bis heute gegen halb sechs«, knurrte Pete. Ich schaute überrascht auf. »Frank hat gekündigt. Hat seinen Lohn kassiert und sich verabschiedet. Das Arschloch hat gekündigt, einfach so.«

Frank war Raupenführer und hatte in der Nachtschicht einen Rüttler gezogen. Ich hatte ihn kaum gekannt. Und nicht besonders gemocht.
Ich sah einen möglichen Stoß und winkte mit dem Queue. »Über eine Bande in die Seitentasche.« Klack! »Verfluchter Mist!« Die rote prallte ab und sauste herum wie eine Flipperkugel.
Pete lachte.
»Tja, wie es scheint, bis du ein besserer Raupenfahrer als Billardspieler.«
Schöner Feierabend!
Gord umkreiste den Tisch und murrte wegen der schlechten Position der Kugeln. Duff war mittlerweile wieder da und redete mit den Typen am Nebentisch. Ich nahm einen schalen Kaugummiklumpen aus dem Mund und warf ihn in eine Tabakdose voller Sand, Kippen und Kronkorken, die an der Wand angebracht war. Der Aschenbecher. Ich wickelte einen frischen Streifen Juicy Fruit aus, schob ihn in den Mund und bot Pete einen an.
»Nein, danke.« Seine Miene wurde ernst. »Ich muss dich um einen Gefallen bitten.«
Pete, und mich um einen Gefallen bitten? »Klar, worum geht's?«
»Ich brauche dich wieder in der Nachtschicht.« Er machte eine Pause. »Als Ersatzmann für dieses Arschloch.« Erneute Pause. »Ab morgen Nacht.«
Scheiße. Darum geht's also. Und das in meinen letzten beiden Wochen. Ich dachte an die Probleme die ich tagsüber

mit dem Schlafen und nachts mit dem Wachbleiben hatte, daran, wie sehr mir das Tageslicht fehlte.

»Ich brauche da draußen einen tüchtigen Farmerboy. Und du kannst mit Maschinen umgehen. Anders als diese Figuren, die ständig Mist bauen, Sachen kaputtmachen oder einfach abhauen.«

Wow. Er findet, dass ich gute Arbeit leiste! Ich sah mich um, um festzustellen, ob Duff und Gord zuhörten. Sie hörten zu. Ich lächelte, fühlte mich plötzlich größer, älter. »Klar, Pete. Kein Problem. Gern.«

»Prima«, sagte er. »Danke.« Er linste rüber zu Albert, der gerade Haare von seiner Schürze auf den Boden schüttelte. Sein Kunde ging.

»Ich muss jetzt zu meiner Schönheitsbehandlung«, lachte Pete und ging.

Donnerstag, den 19. August 1965

Schwarze Staubwolken schwebten und wirbelten um mich herum. Die Scheinwerfer der Buggys hüpften auf und ab und wurden immer wieder vom Staub verschluckt. Sie bewegten sich im Zickzack, schwenkten, verwandelten sich in gelbe Blitze und verschwanden, Riesenbienen bei einem unheimlichen nächtlichen Tanz. Der Nachtwind blies kalt aus dem Norden und brachte einen Hauch von Herbst mit. Trotz meiner Jacke fröstelte ich. Der Kaffee tat gut. Ich hockte auf meinem Sitz und fuhr auf dem schmaler werdenden

Damm hin und her. Ich blickte auf meine Uhr. 4.01 Uhr. *Noch anderthalb Stunden.* Eine Million Sterne standen am Himmel und im Osten kündigte fahles Licht den Sonnenaufgang an.

Diese große D-8 war neuer als die Raupe, die ich zuvor gefahren hatte. Viel leichter zu handhaben, mit Steuergriffen am Kontrollpult statt großen Hebeln zum Ziehen. Auch die Bremsen, mit denen gelenkt wurde, waren leichter zu bedienen. Man musste nicht so kräftig draufsteigen. Vorn hatte sie ein großes Planierschild. Ab und zu ließ ich es aus Langeweile herunter und übte, Unebenheiten zu planieren, bevor ich mit dem Rüttler drüberfuhr.

Die Nächte waren gar nicht mehr so übel. Die Chefs ließen sich selten blicken, so dass wir unsere Ruhe hatten. Ich kam mit der Arbeit klar und an den Sternen konnte ich mich nicht satt sehen.

Ein Hupen ertönte. Es war Gus. Er hielt mit dem Mechanikertruck neben mir an. Er winkte, gab mir ein Zeichen, ebenfalls anzuhalten. Ich schaltete in den Leerlauf und drückte den Gashebel ein wenig hinein, damit der Dieselmotor langsam abkühlte. In seinem Overall, der schwarz von Öl war, und mit seinem Schweißerkäppi kletterte Gus auf die Raupenkette, in der Hand eine große Thermoskanne aus Aluminium.

»Na, Kleiner? Wie läuft's?« Er lächelte und sein Goldzahn blitzte wie ein Meteorit.

»Gut. Bis auf die Kälte. Da friert sich selbst eine Hexe die Nippel ab«, lachte ich.

Er steckte den Kopf herein und warf einen Blick auf das Kontrollpult. »Temperatur okay?«

»Ja, keine Probleme.« Ich hatte sie eben kontrolliert. Ich hatte die Anweisung, alle paar Minuten nachzusehen.

»Sie ist heute etwas heiß gelaufen. Wollte nur mal nachsehen. Kaffee?«

»Gern. Hab meinen gerade ausgetrunken.«

Gus schraubte die Thermoskanne auf. »Milch und Zucker sind schon drin.«

»Ist mir egal«, lachte ich, »wenn er nur nass und heiß ist.«

Gus pflanzte eine Arschbacke auf das Gehäuse des Schaltgetriebes. »Zum Wohl«, sagte er und wir hoben die Becher und tranken. Der Kaffee war süß und dickflüssig, aber ich beschwerte mich nicht.

Gus schaute sich um. »Das geht nicht mehr lange … der Sommer ist fast vorüber.« Wir konnten die Scheinwerfer der anderen Raupen sehen, den Wassertankwagen. Ein Buggy kippte gerade seine Ladung aus, ein zweiter direkt hinter mir. »Ich nehme an, du gehst anschließend wieder zur Schule, was?«

»Ja.« Ich nickte und trank noch einen Schluck. »Elfte Klasse.«

Gus nickte. »Und ich wette, du hast eine Freundin, die auf dich wartet.«

O weh! Ich schluckte meinen Kaffee. »Na ja«, begann ich langsam mit einem tiefen Seufzer. »Ich dachte, ich hätte eine. Aber sie hat den Sommer über auch woanders gejobbt.« Ich hielt inne, suchte nach Worten. »Ich weiß auch nicht. Ich hab sie seit Wochen nicht mehr gesehen. Sie schreibt nicht. Und

telefonisch erreiche ich sie nicht.« Ich starrte auf die Kontrolllampen, leuchtende Kreise. »So gesehen war der Sommer nicht besonders.«
Gus schwieg. Er wärmte seine Hände am Becher. Ein Buggy donnerte vorbei. Schließlich sagte er: »Wenn ich dir einen Rat geben darf, mein Junge: Es gibt nur eine sichere Methode, wie du herausfinden kannst, ob ein Mädchen dich mag. Sie muss bei dir sein.« Er sah mich an. »Mit dir rumhängen, ausgehen, etwas unternehmen, verstehst du? Lachen und Spaß haben. Wenn sie nicht da ist, ist sie nicht da. So einfach ist das.«
Ich rang mir ein Lächeln ab. Es tat gut, mit jemandem darüber zu reden. Ich hätte nie gedacht, dass es die Ölkanne sein würde. »Was dagegen, wenn ich dir noch einen Rat gebe?« Ich schüttelte den Kopf. »Wenn du wissen willst, ob es funktioniert, musst du dir nur eine einfache Frage beantworten: ›Bin ich glücklich?‹ Wenn du nicht glücklich bist, funktioniert es nicht.«
Aus seinem Mund klang alles so einfach. *War es das wirklich?* »Bist du verheiratet, Gus?«
»Seit fünfundzwanzig Jahren, nächsten Monat. Zwei Mädchen und einen Jungen. In Saskatoon. Meine Frau arbeitet bei einem Tierarzt. Das älteste Mädchen geht auf die Universität. Kostet mich ein Vermögen.« Er lachte, ein unbeschwertes, zufriedenes Lachen. »Was soll's«, sagte Gus, plötzlich mit lebhafterer Stimme, und klopfte sich auf den Schenkel. »Die Nacht ist einfach zu schön, um einem dummen Mädchen nachzutrauern, das nicht weiß, was gut für es ist. Schau.« Er

deutete zum Himmel. »Es gibt so viele Mädchen wie Sterne am Himmel und irgendwo da draußen wartet eine auf dich.«

Ich lachte, ungezwungener jetzt. »Ich sehe die alte schwarze Königin dahinten aufgehen.« Gus hatte den Kopf in den Nacken gelegt und sah senkrecht nach oben.

»Wovon redest du?«

»Von Kassiopeia. Weißt du nicht, wer das ist, Junge?« Ich schüttelte den Kopf. »Willst du damit sagen, dass du, ein Farmerjunge, der das halbe Leben diesen Panoramablick hatte, nicht weißt, was da oben los ist?«

Ich grinste. »Na ja, ich kenne den Großen Wagen ... den Kleinen Wagen, da drüben.« Ich zeigte darauf. »Orion. Das ist mein Lieblingsstern. Der Jäger. Und Sirius, sein Hund.«

»Und wo ist Kassiopeia, du Klugscheißer?« Er amüsierte sich.

»Keine Ahnung.«

»Das hab ich mir gedacht. Siehst du den Polarstern?« Er deutete hin. »Direkt über uns. Sie ist gleich daneben. Sieht aus wie ein W. Siehst du sie? Dort drüben.«

»Ah, ja.« Ich freute mich, dass ich sie entdeckt hatte.

»Nun, sie ist die Frau von Kepheus. Das ist das Sternbild da drüben. Der König von Äthiopien.« Gus sprach direkt in den Himmel, als zeige er auf Hochzeitsgäste. »Und das da ist ihre Tochter Andromeda, genau zwischen ihrer Mutter und dem Polarstern. Siehst du sie?«

»Ja, ich glaub schon.«

»Der alte Kepheus machte sich mit den Argonauten auf die Suche nach dem Goldenen Vlies. Und Kassiopeia war so eitel wie jede Frau und behauptete, sie sei schöner als alle Nymphen. Und wurde dafür von den Göttern bestraft und dazu verdammt, für alle Zeiten um den Pol zu kreisen.«

»Gus, woher weißt du das alles?«

»Kennst du das Rathaus in Brewster?«

»Ja, und?« Ich fragte mich, was das damit zu tun hatte.

»Nun, im ersten Stock gibt es eine Bibliothek, mein Freund. Voll mit Büchern. Und weil ich wusste, dass ich den ganzen Sommer hier sein würde, habe ich mir einen Bibliotheksausweis besorgt.«

Wie oft bin ich an dem Gebäude vorbeigefahren?

»Klar, ab und zu mach ich gerne mit den Jungs ein Spielchen, lass etwas Dampf ab, aber die restliche Zeit vertiefe ich mich lieber in ein gutes Buch. Sonst würde ich mein ganzes Geld auf den Kopf hauen, und die Frau würde mir schneller die Eier an die Wand nageln, als ein Hund mit dem Schwanz wackelt.«

»Mann«, war alles, was ich herausbrachte.

»Das hättest du der alten Ölkanne nicht zugetraut, was?« Er lachte.

Mein Kopf fuhr herum, ich sah ihn an. Es war zu dunkel, um sein verschmiertes Gesicht zu erkennen. *Woher kennt er den Spitznamen, den ich ihm gegeben habe?*

»Oh, ja, kein schlechter Name, Junge. Hab der Frau davon erzählt. Meine Fresse, du hast es fertig gebracht, dass sogar sie mich jetzt so nennt.« Er lachte, hielt die Thermoskanne hoch.

»Ja, einen Schluck, wenn noch genug da ist.«

»Es ist immer genug da, Junge. Von allem. Du musst nur wissen, wo es ist, und es dir holen.« Er lachte, klopfte mir auf die Schulter und kletterte nach unten.

»Danke, Gus«, rief ich. »Wir sehen uns beim Frühstück.«

Er winkte und fort war er.

POSTKARTE

Louise Polonski
c/o Mrs. Sarah McQuarrie
P. O. Box 95
Settlers Butte, Saskatchewan

19. August 1965

Liebe Louise,
habe heute deinen Abschiedsbrief erhalten. Schätze, ich hab es längst kommen sehen. Als du mir von Tony erzählt hast, war mir, als sei jemand gestorben. Ich wünschte, ich könnte sagen: »Offen gestanden, Schätzchen, es ist mir schnuppe.« Aber das kann ich nicht. Es wird mir schwer fallen, nur mit dir befreundet zu sein, aber ich will es versuchen. Schätze, ich sehe dich in der Schule.
Eric

Samstag, den 21. August 1965

Die Tanzfläche war brechend voll. Wir standen wie die Heringe und wackelten auf der Stelle. An der Decke über uns drehte sich eine mit Spiegeln beklebte Glaskugel und schoss Lichtstrahlen nach allen Seiten. Ich hatte noch nie so ein Ding gesehen, außer im Fernsehen.

»Wie findest du die Band?«, brüllte mir Lisa ins Ohr. Wir waren im Embers, einem Restaurant und Club am Ostrand von Saskatoon. Chip tanzte mit Paula. Es war lauter als ein paar D-8-Raupen.

»Toll. Es macht Spaß, mal wieder auszugehen. Hab ich den ganzen Sommer nicht gemacht.« Ich fühlte mich gut in meiner neuen Lederjacke, meinem neuen Hemd und meiner neuen Jeans. Mein Gesicht war braun gebrannt. Es war schön, sauber zu sein.

Lisa fasste mich an der Schulter und kam ganz nah an mein Ohr. »Der Leadsänger arbeitet bei CKOM auf der anderen Straßenseite. Er ist DJ.«

Ich sah mir den mageren Typ mit den langen blonden Haaren an. »Ach ja? Und wie heißt er?«

»Kenny Sebastian.«

»Ach, den kenne ich. Hab viel von ihm gehört. Er ist gut.«

Sie nickte. Wir tanzten eine Weile. Lisa und Chip sahen einander ähnlich: blondes Haar, grüne Augen. Man sah ihnen an, dass sie Geschwister waren. Und sie verstanden sich gut. Ich beneidete sie.

»Wann hörst du im A & W auf?«, brüllte ich. Kenny hatte den

Mikroständer halb auf den Boden gezogen, der Leadgitarrist kniete. Ich hatte keine Ahnung, was sie spielten.

»Am Freitag.« Sie tanzte ein paar Takte. »Aber ich arbeite den ganzen Winter über stundenweise. Wird bestimmt nicht sehr lustig.«

»Ja. Ich hör auch am Freitag auf. Danach helfe ich zu Hause bei der Ernte.«

Lisa trug einen engen Hosenanzug mit Schlag und eine weiße Bluse ohne BH. Die Möpse wollten heraus. Sie sah mir in die Augen. »Und wie findest du Paula?«

Die Frage überraschte mich. »Oh, sie ist nett.« Mehr fiel mir nicht ein.

»Tja, sie mag dich.« Lisas Augen funkelten. Sie lächelte. »Du solltest sie mal einladen.«

»A … also«, stotterte ich. Chip und Paula waren zum Tisch zurückgekehrt und tranken von ihrem Coke.

»Chip sagt, du hast kürzlich mit deiner Freundin Schluss gemacht.«

»Na ja, eigentlich hat sie Schluss gemacht. Ich hab vor zwei Tagen einen Brief von ihr gekriegt.« Ich lachte.

»Dann verabrede dich doch mal mit ihr«, sagte sie.

Mann. Hat man nicht einmal mehr Zeit, zuerst ein paar Dinge in Ordnung zu bringen?

Ihre Augen tanzten. »Komm! Sie ist wirklich klasse.«

»Ich weiß.« Und das stimmte. Ich mochte sie. Sie war süß, lange rotblonde Haare, sanfte braune Augen. Am besten gefiel mir an ihr, dass sie auch lustig war, auf eine sanfte Art. *So lustig wie Louise.* Ich sah roten Lippenstift, diese gierigen

Lippen, fühlte ihre nassen Küsse. *Scheiße.* Der Schmerz war da und gleich wieder weg. Er zog mich ein bisschen runter, aber nicht genug.
Lisa stemmte die Hände in die Hüften. »Okay, okay«, sagte ich lachend, »ich tue's.«
Paula saß allein an unserem Tisch und sah der Band zu. »Ein Stehblues«, sagte ich. »Willst du tanzen?«

Freitag, den 27. August 1965

»Das war's dann wohl, Junge, was?« Gerry lächelte, als er die riesige Pfanne mit heißen dampfenden Steaks absetzte. Der Kantinenwagen war voller Typen, die wie ein Rudel Wölfe das Abendessen verschlangen.
»Ja, ich dachte schon, es wird nie halb sechs. Ich warte nur noch darauf, dass Pete mir den Scheck ausstellt.«
»Willst du noch essen?«
»Nee, ich denke, ich mach mich gleich auf den Weg. Es ist eine lange Fahrt.« Ich hatte am Morgen gepackt und geschlafen wie ein Murmeltier. *Endlich!* Ich wollte nur noch nach Hause.
Er streckte mir die Hand entgegen. »Ich kann jetzt nicht reden, aber es war mir ein Vergnügen, dich kennen zu lernen. Viel Glück in der Schule und überhaupt.«
»Danke, Gerry. Ihr wart wirklich toll.«
»Aber schleich dich nicht davon, ohne dich an der Hintertür von Lily zu verabschieden. Sie hat eine Kleinigkeit für dich.«

»Klar. Pass auf dich auf.«

»Du auch.«

Ich drehte mich um und fragte mich, was wohl aus ihnen werden würde. Ich wusste, dass sie nach Norden gehen und im Winter in einem Holzfällercamp kochen wollten. Es war ein komisches Gefühl, Menschen Lebewohl zu sagen, die ich wahrscheinlich nie mehr wiedersehen würde.

Lily saß auf den Stufen vor dem Küchenwagen und rauchte. Sie stand auf und reichte mir ein viereckiges Päckchen, das in Stanniolpapier eingewickelt war. »Das dürfte reichen, bis du wieder zu Hause bist und von deiner Mom bekocht wirst.«

Ich fühlte etwas Weiches und Schweres. »Was ist das?«

»Kartoffelkuchen, Schätzchen. Ein altes Familienrezept. Ich möchte nicht, dass du mir wieder vom Fleisch fällst, jetzt, wo du auf Lilys Kochkünste verzichten musst.«

Wir lachten. Sie umarmte mich, weich wie ein großes Federkissen. Sie roch nach Parfüm und Speiseöl.

Eine Hupe ertönte. Wir drehten uns um.

Es war Pete in seinem Halbtonner. Er drosselte das Tempo, winkte und rief: »Der Scheck liegt auf dem Schreibtisch in meinem Büro. Ich muss weg. Ein Problem auf der Baustelle.« Er winkte noch einmal und fuhr weiter.

Scheiße.

Lily muss meine Enttäuschung gespürt haben. »Er liebt Abschiede nicht, das ist alles, Junge.«

»Stan auch nicht. Er hat sich heute Morgen auch einfach davongestohlen.«

Sie schwieg. Auch mir fiel nichts mehr ein. Außerdem hatte ich einen Kloß im Hals.
Ich ging um den Wagen herum in Richtung Büro.
»He, Eric.« Es war Gus. »Kannst du mich in die Stadt mitnehmen? Ein paar Jungs sind schon dort.«
»Klar, ich wollte gerade losfahren.«
»Aber nicht ohne das hier, hoffe ich.« Er reichte mir einen Umschlag. Mein Scheck. Mit einem dicken fettigen Daumenabdruck drauf.
Mein Wagen war mit einer feinen Staubschicht überzogen. *Der wird noch früh genug heruntergeblasen.* Gus stieg auf der Beifahrerseite ein. Ich öffnete die hintere Tür und zog den Reißverschluss meiner Tasche auf.
»Hier.« Ich gab ihm *Vom Winde verweht.* »Ich hab es vor ein paar Tagen ausgelesen. Es ist gut. Ich hab den ganzen Sommer dafür gebraucht.«
Guy betrachtete die Eselsohren, die Kaffeeflecken und den Fliegendreck auf der ersten Seite.
»Hast du es gelesen oder bist du mit dem Auto drübergefahren?« Wir lachten. »Danke.«
Ich ließ den Motor an. Es ärgerte mich, dass Pete einfach so weggefahren war. Aus irgendeinem Grund griff ich nach dem Umschlag.
»Ich muss erst mal nachsehen, ob sie mich auch nicht übers Ohr gehauen haben.«
Ich riss ihn auf. Mit der Summe stimmte etwas nicht. Es war einiges mehr, als ich hätte kriegen sollen. Fünfhundert Dollar mehr.

Ich pfiff. Der Umschlag enthielt noch etwas anderes, einen zusammengefalteten Zettel.

Du hast gute Arbeit geleistet, Junge. Hier ist eine kleine Prämie von den Bailey Brothers.
Danke für deine Mitarbeit. Ruf uns nächstes Frühjahr in Calgary an. Vielleicht haben wir einen Job für dich. Alles Gute.
Pete

Plötzlich wurde die Schrift ganz verschwommen. Gus hustete, kurbelte die Scheibe runter. Ich blinzelte und hustete auch.
»Dieser verrückte Kerl«, sagte ich mit einem Grinsen und reichte Gus den Brief.

Der Fluss

Sie trieb im schlammigen Wasser und drehte sich träge in der Strömung, eine kleine Insel aus schmutzigem gelben Schaum, der von Wind und Wellen aufgepeitscht wurde. Er sah aus wie die Füllung, die aus einem alten Traktorsitz quoll. Oder wie der süße Eischnee auf einem Zitronenkuchen, der in irgendeiner Geisterstadt zu lange im Schaufenster eines Cafés gelegen hat. Der Schaum trieb stromabwärts auf mich zu, dem Schwimmer entgegen, der am Ende meiner Angelschnur auf dem Wasser tanzte. Wie ein Messer schnitt die Schnur durch den Schaum, als sei er überhaupt nicht vorhanden. Der Eischnee fügte sich einfach wieder zusammen und trieb weiter. Ich dachte an Dad und sein Bein.

»Du hast nie mit ihm darüber gesprochen, oder?«, hatte mich Mom am Morgen gefragt und mich mit ihren grünen Augen vorwurfsvoll angesehen. Ich schüttelte den Kopf.

»Ist dir denn nicht klar, dass er sein Bein verlieren könnte?« Sie versuchte, ihre Wut zu zähmen – vielleicht war es auch Angst –, doch es brach einfach aus ihr heraus und richtete sich gegen mich.

»Er hat die Papiere unterschrieben, verstehst du? Wenn sie nicht das ganze Geschwür entfernen können, werden sie amputieren.« Sie hatte zu weinen begonnen und die Worte kamen nur stoßweise zwischen ihren Schluchzern. »Das wäre das Ende der Farm. Und du tust so, als geht dich das überhaupt nichts an.«

Der Schaum war jetzt nur noch ein Fleck stromabwärts. Der Eiter, der aus der wunden Stelle an Dads rechter Wade austrat, war auch gelb. Lange hatte er gedacht, es sei nur ein Furunkel oder eine Infektion, aber es wollte einfach nicht zuheilen. Es stimmte, ich hatte nicht an die Farm gedacht. Ich konnte nur an den Fluss denken.

Seit ich alt genug war, um Dad zu helfen, hatten wir jeden Sommer auf der Weide unten am Fluss, wo wir unser Vieh hielten, Zäune repariert. Pfähle setzen und Stacheldraht spannen war eine schweißtreibende und schmutzige Arbeit. Am Abend zogen wir uns nackt aus, badeten im Fluss und setzten uns dann hin und redeten, ehe wir das Werkzeug zusammenpackten und nach Hause fuhren.

Einmal nahm mich Dad in eine Schlucht voller Pappeln mit und zeigte mir, wo meine Großeltern während der Wirtschaftskrise in den dreißiger Jahren kampiert hatten. Es hatte keine Ernte und keine Jobs gegeben, und so brachten sie ihre Rinder, Pferde und Hühner an den Fluss, fischten und schwammen den ganzen Sommer über. In der dunklen kühlen Schlucht schlugen sie ihre Zelte auf und bauten ein Eishaus. Die alten Bretter waren noch da, alle verwittert und grün bemoost. Ich hatte die morsche Falltür, deren Angeln aus einem Pferdegeschirr gemacht waren, angehoben und in die Grube geblickt, in der sie Milch, Eier und selbst geräu-

cherten Speck aufbewahrt hatten. Danach war ich noch viele Male dort gewesen und hatte mir immer gewünscht, ich hätte damals gelebt.
Es war Sonntag, Ende September, und es war heiß – Indianersommer. Mom und meine Schwestern waren nach Saskatoon gefahren, um Dad zu besuchen. Er hatte gewartet, bis die Ernte eingebracht war, bevor er ins Krankenhaus ging. Ich war zu Hause geblieben, um die Kühe zu melken. Zusammen mit meinen Cousins Jim und Barry war ich an den Fluss gefahren, um Goldaugen zu angeln. Jemand hatte erzählt, dass sie in den feinen Restaurants in Winnipeg als Delikatesse galten, und so freute ich mich immer darüber, dass sie uns nicht mehr kosteten als eine Heuschrecke.
Wir angelten in der Nähe der Brücke, einer großen schwarzen Eisenbahnbrücke der Canadian National Railway mit gekreuzten Trägern, die auf fünf Pfeilern ruhte und sich eine halbe Meile weit über den Fluss spannte. Die Bahnlinie war ganz oben, darunter die Fahrbahn für Autos. Wir beobachteten oft, wie lange Güterzüge über die Brücke rumpelten, und zählten die vorbeirollenden Waggons. Die meisten waren gedeckt, doch manchmal waren auch Flachwagen mit neuen roten oder grünen Traktoren und Mähdreschern dabei. Die besten kamen im Spätsommer und hatten Doppelstockwagen mit neuen Autos aus Fabriken im Osten.
Sonntags sind wir oft durch die Khakihügel und über die Brücke in den Stadtpark am anderen Ufer gefahren. Die dichten Gehölze aus hohen Pappeln und Ahornbäumen waren eine Oase, fernab vom Backofen der Prärie. Jeder kam in

den Park. Nach dem Picknick tollten wir Kinder den ganzen Tag in den Hügeln, während die Erwachsenen sich mit Hufeisenwerfen vergnügten, plauderten oder auf Decken im Schatten schliefen. Und am Abend, wenn es Zeit wurde, nach Hause zu fahren, und keines von uns Kindern aufzufinden war, riefen uns die Eltern, indem sie mit ihren Autohupen unsere Telefonnummern morsten. Das Signal unserer Familie war dreimal lang und dreimal kurz. Und wenn die Hügel am Fluss von Autohupen widerhallten, verharrten wir regungslos und lauschten und waren immer erleichtert, wenn es nicht unser Signal war.

»Ich versuche weiter unten mein Glück«, sagte ich zu Jim, der sich mit angeekelter Miene zu mir gesellt hatte. Ich deutete in die Richtung, in die der Schaum getrieben war.

»Nimm noch ein paar davon mit.« Jim reichte mir eine Colaflasche, in der ein Korken steckte. Er war fünfzehn, ein Jahr jünger als ich, hatte rotblondes Haar und das Gesicht voller Sommersprossen. Er war immer irgendwie nervös, und ich hatte mir überlegt, dass er wahrscheinlich deshalb so mager war, weil er schon beim bloßen Rumstehen Kalorien verbrauchte. Ich zog den Korken heraus und schüttelte die Flasche. Fünf oder sechs lebende Heuschrecken purzelten in meine Hand. Sie waren umhüllt von dem braunen Saft, den sie immer ausspuckten, wenn sie so eingepfercht wurden.

Ich stopfte sie in eine Plastiktüte. »Keiner angebissen da oben?«

»Nicht einer.«

»Wo steckt eigentlich Berry?«

»Setzt gerade einen Haufen in die Wiese. Zu viel Kirschen gegessen, und jetzt hat er Dünnpfiff.« Wir lachten. Barry war ein Jahr jünger als Jim, rund wie sein Name und gemütlich.
Ich zog meine Turnschuhe und Socken aus, krempelte die Jeans hoch und ging bis zum Rand des Wassers. Nur ein paar Meter vom Ufer entfernt war ein flacher weißer Felsen. Dort setzte ich mich hin und sah mich um. Das Wasser war graugrün und glitt langsam vorbei wie ein Band. In der Mitte des Flusses lag eine lang gestreckte Insel, auf der Bäume und Sträucher wuchsen. Ein paar Krähen zankten. Manchmal brachten Farmer ihr Vieh auf die Insel und ließen es den ganzen Sommer dort. Kühe schwimmen nicht gern.
Ich nahm eine Heuschrecke aus der Tüte und spießte sie mit dem Hinterteil auf den Haken. Mit leisem Knirschen trat die Spitze am Hals wieder aus. Was sie dabei fühlten, war uns egal. Heuschrecken fraßen unsere Ernte, und wir gaben jedes Jahr ein kleines Vermögen aus, um möglichst viele von ihnen zu vernichten. Der Haken hing etwa dreißig Zentimeter unter dem Schwimmer. Weitere zwei bis zweieinhalb Meter Schnur führten zur Spitze der Bambusrute. Ich schnippte mit der Rute. Schnur, Schwimmer und der Haken mit der Heuschrecke flogen über meinen Kopf und plumpsten ins Wasser. Die Strömung trieb den Schwimmer flussabwärts, bis die Schnur ihn stoppte und ein kleines V im Wasser entstand. Ich konnte hören, wie Jim und Barry miteinander stritten. Sonst war es still. Der Schwimmer rührte sich nicht. Ich schloss die Augen und lehnte mich zurück, ließ mir die warme Sonne ins Gesicht scheinen und sog den Geruch von

Klee und Beifuß ein. Und da waren Mom und Dad und wir waren noch Kinder und lernten gerade schwimmen. Dad stand mit seiner Badehose im Wasser. Er hatte einen Arm voll Weidenäste abgeschnitten und steckte sie nun in den Schlamm und errichtete so eine Absperrung, in deren Innern wir gefahrlos schwimmen konnten. Der Fluss sah langsam und träge aus, aber unter der schlammigen Oberfläche war er tückisch. Die Strömung unterspülte die Ufer. Immer wieder erzählten sie von Leuten, die nur wenige Schritte vom Ufer entfernt in zwei Meter tiefen Löchern verschwunden waren, oder von Anglern, die ertrunken waren, weil sie mit ihren hohen Wasserstiefeln einen Schritt zu viel gemacht hatten. Deshalb blieben wir innerhalb der Umgrenzung. Dad ließ uns von Ast zu Ast schwimmen, und so konnten wir abschätzen, welche Fortschritte wir machten. Mom blieb gewöhnlich am Ufer und saß auf einer Decke. Ein Cousin von ihr war ertrunken, als sie klein war, und danach hatte sich ihre Familie nicht mehr ins Wasser getraut. Ich fand es komisch, wie jemand Angst vor dem Wasser haben konnte.

Plötzlich hörte ich jemanden schreien. Ich sprang auf. Jim blickte flussaufwärts. Ein Mädchen tauchte an einer Biegung unter den Weiden auf und kam auf uns zu gerannt. Ich konnte nicht verstehen, was sie schrie. Ich sprang von dem Felsen und lief ihr durch den Schlamm entgegen.

Kurz bevor das Mädchen Jim erreichte, geriet sie ins Straucheln und fiel hin. Sie sah hoch und schrie: »Da will sich einer umbringen. Ich habe versucht, ihn davon abzuhalten, aber er wollte nicht hören.«

Ich kannte sie. Sie hieß Rita und wohnte in einer Stadt weiter oben am Fluss.
Sie war vielleicht vierzehn, kurzes braunes Haar, dreiviertellange Sporthose mir Blumenmuster und T-Shirt. Ihre Mutter war geschieden.
»Wer will sich umbringen?«, rief Jim, während er ihr aufhalf.
»Wo?«, brüllte ich und packte sie an den Schultern.
Barry kam angerannt und sauste mit ausgestrecktem Zeigefinger in Richtung Brücke. »Seht doch«, schrie er. »Dort!«
Auf dem Brückengeländer, ungefähr nach einem ersten Drittel der Strecke, stand ein Mann in schwarzem Sweatshirt und Jeans und hielt sich an einem Träger fest.
»Wer ist das?«, fragte Jim.
»Verdammt, was tut der da?«, fragte Barry.
Wir beobachteten ihn und plötzlich bekamen wir Angst. Angst davor, dass etwas Schlimmes passieren könnte, wenn wir uns bewegten. Und im nächsten Augenblick geschah es. Der Mann sprang.
»Oh, Scheiße«, sagte jemand.
Der Fremde fiel lautlos, wie eine Schaufensterpuppe, die Arme zur Seite gestreckt, die Beine zusammen. Es schien sehr lange zu dauern. Und schließlich – Platsch! Und er war verschwunden.
Angst durchflutete mich wie Gift. Ich wollte weglaufen. Barry und Jim starrten aufs Wasser hinaus. Rita kreischte. Wir standen da, warteten darauf, dass der Typ wieder auftauchte, hofften, dass er jeden Moment an der Oberfläche erschien, winkte und ans Ufer schwamm.

Etwas unterhalb der Brücke, auf der uns zugewandten Seite der Insel, war eine kleine Sandbank. Vielleicht bekam ich den Typ zu fassen, wenn die Strömung ihn dorthin trieb. Hastig öffnete ich meinen Gürtel und zog die Jeans aus.
»Was hast du vor?«, fragte Jim mit großen Augen.
»Ich muss ihn erwischen, sonst reißt ihn die Strömung fort. Barry! Rita! Lauft los und holt Hilfe. Haltet ein Auto an.« Ich riss mir das Sweatshirt herunter, ließ das T-Shirt aber an.
»Jim, pass für mich auf.« Ich rannte ins Wasser, holte tief Luft und hechtete hinein.
Als ich wieder auftauchte, hörte ich Jim rufen: »Da ist er!«
Ich sah den Kopf des Mannes nur ganz kurz, ein Stück stromaufwärts, dann war er wieder weg. Wieder brüllte Jim: »Er drückt sich selbst unter Wasser! Hör auf, du Arsch!«
Der Typ war noch rund dreißig Meter entfernt. Ich senkte den Kopf und kraulte los. Ich dachte an Dad. Er glitt wie ein U-Boot durchs Wasser und machte mit den Händen beim Eintauchen kaum einen Spritzer. Ich hörte ihn sagen: »Lass die Finger zusammen und mach die Hände etwas hohl. Zieh! Zieh!«
Ich konnte in der schlammigen Brühe nichts sehen. Ich blickte zurück ans Ufer. Jim deutete direkt in meine Richtung. »Hinter dir«, schrie er.
Ich bemerkte einen grauen Schatten im Wasser, nur ein paar Meter entfernt. *Scheiße. Das gibt's doch nicht.* Ich rief mir ins Gedächtnis, was ich im Schwimmunterricht gelernt hatte. *Von hinten ran. Unters Kinn fassen, den Kopf über Wasser halten, seitlich mit Scherenschlag ans Ufer schwimmen.*

Ich könnte selbst ertrinken!, dachte ich ebenso überrascht wie erschrocken. Ich machte noch ein paar Züge, dann stieß ich gegen seinen Körper. Er trieb mit dem Gesicht nach unten, ein paar Zentimeter unter der Oberfläche. Ich packte ihn am Sweatshirt.

»Hab ihn!«, brüllte ich. Jim lief am Ufer entlang, und ich erkannte, dass die Strömung uns an der Sandbank vorbeitrieb. Ich versuchte, den Typ umzudrehen, sein Gesicht aus dem Wasser zu ziehen, aber er war zu schwer. Ich begann, ihn in Richtung Ufer zu schleppen, trat kräftig mit den Beinen aus, ruderte mit dem freien Arm, so gut es ging.

Verdammt. Er wird ertrinken. Ich hielt an, versuchte noch einmal, ihn umzudrehen, doch er rollte einfach wieder herum.

Dad und ich waren im Sommer hier Wasserski gelaufen. Wir versuchten immer, uns gegenseitig abzuschütteln. Er war mit unserem Boot im Kreis gefahren, und als ich, weit seitlich versetzt, mit Höchstgeschwindigkeit über die Wellen bretterte, zog er mich durch einen Kielwasserberg. Ich stürzte. Wir mussten beide lachen, als er mit dem Boot ankam und ich gemütlich im Wasser lag und auf die Zugleine wartete. »Du siehst aus, als wärst du im Wasser geboren.« Es war das Netteste, was er je zu mir gesagt hatte.

»Schwimm!«, rief Jim vom Ufer aus. »Schwimm!«

Ich schwamm, so gut ich konnte. Meine Arme schmerzten. Es machte mich wütend, dass ich nicht besser, nicht stärker war.

Ich war richtig wütend auf meine Schwimmlehrer. Aus ihrem

Mund hatte eine solche Rettungsaktion immer so einfach geklungen.
»Du hast es gleich geschafft«, schrie Jim. »Weiter so.« Noch ein paar Züge und ich sah die Spitze meiner Angelrute vor mir. Ich ergriff sie.
»Halt dich fest«, schrie Jim. Er zog an der Rute, bis ich, wenige Meter vom Ufer entfernt, Grund unter den Füßen spürte. Jim kam ins Wasser gerannt. Er packte einen Arm des Mannes und legte ihn sich um die Schulter. Ich packte ihn am anderen Arm.
Wir stolperten, fielen hin, krochen an Land. Wir schleiften den Mann durch den Schlamm auf die Steine, drehten ihn auf den Rücken und blieben eine Sekunde lang liegen und schnappten nach Luft wie ein Goldauge.
Zum ersten Mal sah ich sein Gesicht. Es war grün. Ich kniete mich neben ihn, bog seinen Kopf nach hinten, schob seine Lider hoch und sah ihm in die Augen. Sie waren braun und seine Pupillen waren große schwarze Flecken. Der Mann hatte sich erbrochen. Halbverdautes und gelber Schaum klebten an seinem Mund. Ich beugte mich vor, legte meinen Mund auf seinen und begann zu blasen. Wir hatten auf der Highschool mal einen Film über erste Hilfe gesehen, aber so genau erinnerte ich mich nicht mehr. Vor Verzweiflung blies ich einfach.
Jim sank neben uns auf die Knie. Ich bekam Kotze in den Mund. Immer wieder drehte ich mich zur Seite und würgte, doch es kam nichts hoch. Ich blies weiter. Ich schlug dem Mann ins Gesicht. »Komm schon, Junge, los.« Ich blies noch

ein paar Mal. Es kam mir wie eine Ewigkeit vor. Ich schaute zu Jim hoch.

»Wo zum Teufel bleibt denn die Hilfe? Wo steckt Barry? Wo bleibt die Polizei?« Ich wünschte, Dad wäre hier. Er hätte gewusst, was zu tun war.

Mom hatte Recht. Dad und ich sprachen nicht viel miteinander. Das Leben als Farmer machte ihn nicht glücklich. Und mit Sicherheit wollte er nicht, dass ich Farmer wurde. Ich konnte es ihm nicht verübeln. Ständig sorgenvoll zum Himmel blicken und auf Regen hoffen, weil sonst die Arbeit eines Jahres umsonst war. Allzu oft hatte es nicht geregnet. Und die Felder verdorrten und machten unsere Hoffnungen zunichte. Das war wohl auch der Grund, warum Dad den Fluss so liebte. Hier war er am glücklichsten. Wir alle waren es. Der Grund war das Wasser. Es ließ die Natur ergrünen und erweckte sie zum Leben.

Der Mann gab kein Lebenszeichen von sich. Jim stand auf, tat ein paar Schritte und kotzte. Ich blies weiter, würgte, blies. Das Gesicht des Mannes war jetzt blau.

Du sollst aufwachen und husten und spucken, dachte ich. »Mach schon, Junge.«

Die Polizeisirene war Musik in meinen Ohren. Zwei Minuten später kamen zwei Polizisten angerannt. Sie knieten sich in den Schlamm, jeder auf einer Seite und lösten mich ab. Einer sah mich an. »Kennst du ihn?« Ich schüttelte den Kopf.

»Wie lang lag er drin?«

»Weiß nicht«, sagte ich und blickte zu Jim. »Sieben, acht Minuten vielleicht.«

»Mindestens«, sagte Jim.
Der Polizist blickte betroffen zu Boden. Ich setzte mich auf einen Stein. Barry kam. Mit meinen Klamotten. Ich zog das nasse T-Shirt aus und schlüpfte in mein Sweatshirt, noch zu geschockt, um zu frieren. Zum ersten Mal sah ich mir den Mann genauer an. Ich schätzte ihn auf zwanzig, aber es war schwer zu sagen. Er trug neue Jeans mit einem schicken Ledergürtel, neue Turnschuhe, ein gutes Sweatshirt. Nicht die Klamotten eines armen Schluckers oder Schwermütigen. Aber er hatte dunkle Haut und langes schwarzes Haar. *Ein Indianer. Arme Sau.*
Einer der Zäune auf unserer Sommerweide lief an drei indianischen Tipi-Ringen vorbei. Das waren kreisrunde Ringe aus Steinen, mit denen die Hirschhautbespannung beschwert wurde. Die Steine steckten mittlerweile halb im Prärieboden und waren verwittert und mit gelben Flechten überzogen. Dad und ich saßen dort oft und blickten, braun und verschwitzt, von der grasbewachsenen Kuppe auf den Fluss hinunter. Die Schatten der Wolken huschten über die Hügel, und ich stellte mir Krieger vor, die in Wildleder gekleidet waren und ohne Sattel ritten. Es war still, und wenn dann flüsternd der Wind durchs Fuchsschwanzgras strich, hatte ich mich immer wie einer von ihnen gefühlt. Und jetzt lag ein Indianer vor mir, blau angelaufen und tot. *Wenn sie den Krebs nicht in den Griff bekommen, ist Dad es vielleicht auch bald.*
Plötzlich knackte es laut zwischen den Weiden und vier Männer aus der Stadt kamen mit einer Tragbahre angerannt.

Von der freiwilligen Feuerwehr. Wir hoben den Mann auf die Bahre. »Wir sind mit Mels Kombi da«, sagte einer zu den Polizisten. »Doc Drummond ist unterwegs. Wir treffen uns in der Stadt.«
Mit ernsten Gesichtern trugen sie den Fremden fort. Jim, Barry und ich folgten ihnen die Böschung hinauf. Sie luden den Mann hinten in einen staubigen Chrysler. Einer der Polizisten kletterte hinterher und setzte die Wiederbelebungsversuche fort. Die Heckklappe knallte zu, und der Wagen brauste, Staub und Kies aufwirbelnd, davon.
Er ist tot.
Rita schluchzte. »Es tut mir Leid, dass ich ihn nicht davon abhalten konnte. Ich kam mir so hilflos vor.« Ihre Hose hatte einen dunklen Fleck. Sie hatte sich voll gepinkelt.
Ein paar Neugierige trudelten ein. Sie hatten in der Stadt den Feueralarm gehört und waren dem Kombi nachgefahren. »Was ist passiert?«, fragte eine schöne Frau im geblümten Kleid. »Wer war es?«
»Woher kam er?«, fragte ein sonnengebräunter Cowboy.
Barry, Jim und ich gingen zum Wagen. Wir stiegen ein und blieben eine Weile einfach sitzen. Meine Arme und Beine waren mit Schlamm überzogen, zerkratzt und sie bluteten. Jims Arme und Beine auch. Wir machten uns auf den Heimweg und fuhren die gewundene Straße den Hügel hinauf. Lange Zeit sprach keiner ein Wort.
»Was für eine Art, zu sterben«, sagte Jim. »Wir wissen nicht mal, wie er heißt.«
Die restliche Strecke legten wir schweigend zurück. Zu

Hause angekommen, ging ich nach oben, zog mir trockene Sachen an und putzte mir gründlich die Zähne. Es war ein seltsames Gefühl, das Erbrochene eines Toten im Mund zu haben. Jim und Barry saßen auf den Stufen der Veranda. Ich gab Jim ein paar trockene Sachen und holte eine Flasche Bier aus dem Keller. Sie war ganz verstaubt, wahrscheinlich noch von Weihnachten. Dad trank nicht viel.

Ich reichte die Flasche Jim. »Ich glaube nicht, dass Dad etwas dagegen hätte. Ich muss diesen verdammten Geschmack aus dem Mund kriegen.«

Zu dritt saßen wir auf den Stufen, reichten die Flasche herum und starrten die Scheune an. Sie sah irgendwie anders aus, heller, wie frisch gestrichen. Auch die Bäume waren anders. Mir war nie aufgefallen, wie schön kahle Äste aussahen, so verheddert, wie sie ineinander waren. Auch der Fluss hatte sich verändert. Er stand nicht mehr nur für Angeln, Spaß und Geschichten. Von heute an trieb knapp unter der Wasseroberfläche die Leiche eines Fremden. Sein blaues Gesicht war nun ein Teil des Ufers. Ich beobachtete, wie weißer Schaum am Flaschenhals herunterlief, über das Bild von einem Zug, über ein Weizenfeld und ein Getreidesilo. *Mom hat nicht Recht, was Dad und mich angeht. Es ist mir nicht egal.* Unten im Keller stand noch eine verstaubte Flasche Bier. Ich hatte sie für ihn aufgehoben.

Abschied vom großen Mann

Das verwitterte Tor öffnete sich unter dem üblichen Protest – rostige Metallrollen kreischten in einer Metallschiene. Ich trat über die abgetretene Holzschwelle in das kühle Dunkel der Scheune. Ein langer Seufzer. Hier fühlte ich mich sicher. Vielleicht konnte die Dunkelheit Dinge auslöschen, vielleicht noch am selben Tag.

Ich zog das Tor wieder zu. Rechts von mir führte eine Holztreppe auf den Heuboden. Die Stufen waren mit Staub und Stroh bedeckt. Ich setzte mich auf eine. Die große Falltür über mir war zu. An der Wand neben meinem Kopf war ein Lichtschalter, doch die Stille der Dunkelheit war besser. Neben mir war mit Bleistift etwas an die Wand gekritzelt. Ich konnte die verblassten, silbrig glänzenden Buchstaben im Dunkeln nicht sehen, aber ich fuhr mit den Fingern über die Bretter und las sie wie Blindenschrift. Großvater hatte mir die Inschrift Jahre zuvor gezeigt. Ich kannte sie auswendig.

Scheune am 16. Juli 1914 errichtet.
Sonnig, heiß, 17 Leute hier.
Ted.

Ted war mein Großvater, der Vater meines Vaters. Er war groß und hager, gerade wie ein Telefonmast. Schwalben hätten unter dem Vorsprung seiner großen, buschigen Augenbrauen Nester bauen können. Er hatte blaue Augen, die wie Steine an einer tiefen Stelle am Flussufer glitzerten. Und dichtes weißes Haar, das immer so aussah, als hätte er es mit dem Rechen gekämmt. Mom nannte es »verwuschelt«. Doch meistens trug Großvater einen weißen Stetson mit flacher Krempe, und wenn er auf mich zukam, mit seinem großen weißen Hut und seinen großen weißen Zähnen, wusste ich, dass er sich freute, mich zu sehen. Nicht wie heute.

Ich bekam keine Luft. Eine Schlinge zog sich um meinen Hals zu. Ich stand auf, zog mit einem Ruck am Knoten meiner Krawatte und riss den obersten Knopf meines Sonntagshemdes auf. Ich spürte, wie der Knopf absprang, hörte das leise Geräusch, als er zu Boden fiel. Aber er war weg – irgendwo unter dem Staub verschwunden. Ich wischte den Hosenboden meiner Sonntagshose ab und ging in die Werkstatt, einen umgebauten Stall gleich neben der Treppe.

Dad hatte seine Werkstatt in unserem neuen Geräteschuppen. Dieser Raum, mit seinen alten Werkzeugen und alten Spinnweben, war immer Großvaters Werkstatt gewesen. Ich stand einfach nur da. Alles war mit einer samtigen mausbraunen Staubschicht bedeckt, auch das Fenster über der Werkbank. Ein paar Lichtstrahlen stahlen sich herein; Staubflocken glitzerten in den Strahlen wie Sterne.

Alles sah seltsam aus, als hätte ich es nie zuvor gesehen. Überall waren Nägel in die Wände geschlagen, an denen

Sachen hingen: alte Keilriemen, schwedische Ablängsägen, Bohrerleiern, Kettenteile, Schnallen von Pferdegeschirren, ein Zaumzeug, Abziehmesser, Bügelsägen, rostige Handsägen, staubige Staubschutzbrillen mit gesprungenen gelben Gläsern, handgeschnitzte hölzerne Flugzeugpropeller und ein verblichenes Kalenderbild aus dem Jahr 1952 von einem grünen Ford, der durch eine Allee fuhr.

Zwischen den senkrechten Balken an den Wänden hatte Großvater Regale angebracht. Jedes Fach war voll gestopft mit alten Schachteln und Büchsen, die zur Hälfte mit Bolzen und Splinten, Schrauben jeder Größe, glänzenden, in Ölpapier eingewickelten Kugellagerkugeln, Unterlegscheiben und Verbindungsgliedern für Ketten gefüllt waren. Die hölzerne Werkbank hatte er sich aus dicken Brettern gezimmert, die inzwischen schwarz von Öl und Schmutz waren. In der Mitte war ein großer Schraubstock, voller Dellen und Kerben vom jahrelangen Hämmern. Viele Kerben stammten von mir. Rechts davon ein handbetriebener Schleifstein zum Schärfen von Messern und Meißeln. Er heulte wie ein Düsentriebwerk, wenn wir Kinder ihn mit der Kurbel auf hundert Stundenkilometer hochjagten.

Ich trat vor die handbetriebene Säulenbohrmaschine, die an der Wand befestigt war. Ihr Holzgriff glänzte von öligen Händen. Ihre Zahnräder surrten, wenn sie sich langsam drehten. Ich hatte hier viele Löcher gebohrt, wenn ich mir Boote, Steinschleudern oder Holzgewehre gebastelt hatte. Ich stellte mir vor, wie Großvater an dieser Stelle stand, über irgendein defektes Maschinenteil gebeugt, und es nicht erwarten konnte, wieder aufs Feld zurückzukehren, zu den Pferden und Tagelöhnern, zu seiner Arbeit. Ich lehnte die Stirn an den kalten Stahl des Justierrads oben an der Bohrmaschine. Ein Zittern ging durch meinen Körper. Aber nichts passierte. Im Weinen war ich nicht sehr gut.

Großvater ist tot! Ich trat gegen eine Holzkiste. Schwarze Bolzen wuselten über den Fußboden wie Mäuse. Er hatte letzte Woche einen Herzanfall gehabt. Zwei Tage später war er tot. Großmutter war vor drei Jahren gestorben. Sie würden nie wieder aus der Stadt zu Besuch kommen. Sie würden nie wieder in ihrem alten blauen Chevy langsam unsere Zufahrt herauffahren. Großvater war immer ausgestiegen, hatte die Arme gereckt, mich angesehen und gesagt: »Komm, sehen wir uns um.« Großmutter ging mit Mom ins Haus oder in den Garten, während Großvater und ich einen Rundgang über die Farm machten, damit er sehen konnte, was Dad getan hatte. Wie die Gebäude und Maschinen in Schuss waren. Wie Dad die Zäune geflickt hatte. Wie ich gemäht hatte. Wir sahen uns die Hühner an, den neuen Wurf Ferkel. Und er probierte den Rhabarber, der in der Senke neben dem Gatter wuchs.

Am Schluss gingen wir immer in die Scheune, die Schutz vor Hitze und Wind bot. Er setzte sich auf einen alten Melkschemel – einen mit einem Ledergriff versehenen Holzklotz, dessen Sitzfläche von Bauernhintern glatt poliert war – und erzählte mir Geschichten. Er erzählte, wie er 1903 mit einem Bruder aus den Staaten nach Saskatchewan gekommen war.

»Hier gab es nichts außer einem Pflock im Boden, einem

Grenzpfahl mit einer Nummer drauf.« Er kaute auf einem weichen, grünen Halm. »Er markierte die Ecke unserer 160 Acre Land. Sonst nichts, meilenweit nur Gras und wilde Blumen. Vielleicht noch ein Wiesenstärling, der auf dem Ast eines Baums saß. Am Horizont waren ein oder zwei Scheunen von Nachbarn zu sehen, wie Schiffe, die sich aus dem Meer erhoben.«

Großvater und sein Bruder waren Ackerbauern gewesen. Sie hatten ihre nebeneinander gelegenen Farmen bewirtschaftet und beide geheiratet. Großvaters Frau hieß Katarina und stammte aus Österreich. Sie nannten ihre Parzelle Bonnieview-Farm und pinselten den Namen an das große Scheunentor, mit zwei gekreuzten Union Jacks darunter. Der Name und die Flaggen sind noch zu sehen. Manchmal, wenn die Scheune bei Sonnenuntergang in orangefarbigem Licht erstrahlte, saßen Großvater und ich auf der Treppe vor dem Haus und sahen uns die Flaggen an.

Heute halten wir nur noch eine Hand voll Kühe, aber Großvater erzählte von der Zeit, als der Stall noch voller Milchkühe stand und von ihrem Muhen und dem leisen Mahlen ihrer Kiefer erfüllt war. »Ich habe noch im Ohr«, sagte er einmal, »wie die Kerosinlampe am Draht im Stall entlangglitt.« Ich fand es seltsam, dass ein so leises Geräusch für ihn anscheinend eine so große Bedeutung hatte. Er sprach auch über die Schatten und den Tanz, den sie vollführten, wenn die Lampe langsam schwang, während die Jungs – Dad und meine Onkel – molken, redeten und den Kühen Lieder vorsangen.

»Keiner konnte einen Ton halten, und es wundert mich noch heute, dass die Kühe bei dem ständigen Gejaule und Geträller keinen Hüttenkäse produzierten.« Bei diesen Worten legten sich immer Falten um Großvaters Augen und er lachte auf seine verhaltene Art.

Großvater hatte im Anbau neben der Scheune auch Pferde gehalten, ein Gespann in jeder Box. Das Geschirr hing an den Pfosten neben ihnen. Im Winter, wenn es vierzig Grad unter null war, überzog Raureif wie Puderzucker die Geschirrschnallen. »Die Jungs konnten es sich nicht verkneifen, daran zu lecken, und jeden Winter blieb einer mit der Zunge an dem kalten Metall kleben. Und ich rannte ins Haus und ließ Großmutter den Kessel aufsetzen, dann rannte ich zurück und goss heißes Wasser auf das Metall, damit sie davon loskamen. Jedes Mal blieb etwas Blut und Haut daran kleben.«

Oben auf dem Heuboden hatte sich nicht viel verändert. Großvater hatte dort immer Berge von duftendem Heu aufgetürmt, das er in den Sümpfen geerntet hatte. Inzwischen fuhren wir das Heu in Ballen ein. Trotzdem sahen wir uns auch oben um, blieben stehen und lauschten dem leisen Gurren der Tauben in der Dachkuppe. »Glaubst du, das sind die Enkelkinder der Tauben, die hier waren, als du hier gewohnt hast?«, fragte ich ihn einmal.

Er hatte genickt. »Oh, ohne jeden Zweifel.« Darüber war ich froh.

Großvater trug immer einen Bleistift in der Tasche und jedes Mal, wenn er Kühe molk, Maschinen reparierte oder sich nach einem Arbeitstag ausruhte, zückte er den Stift und schrieb in der Scheune etwas an die Wand. Es wurde ihm zur Gewohnheit und mit den Jahren füllten sich die Wände mit kurzen Bemerkungen. An die Wand vor mir, über der Bohrmaschine und neben den in den Pfosten gebohrten Löchern, in denen die Bohrer aufbewahrt wurden, hatte er geschrieben:

17. Juli 1935
Weizenernte. Heuschreckenplage!
33 Grad im Schatten
Ted

Draußen krächzte eine Krähe. Ein Auto kam knirschend die Zufahrt herauf. Dann ein zweites. Ich hörte, wie sie anhielten. Ich stellte mir den Staub vor, der hinter ihnen schwebte wie Kondensstreifen. Eine Tür quietschte – und wurde zugeknallt. Ein Halbtonner. Dann Stille. Nur der helle Gesang eines Rotkehlchens, das vereinzelt träge Zirpen einer Grille in der warmen Sonne, das trockene Sirren einer Heuschrecke im Flug. Dann leise Stimmen von Menschen. Gedämpftes Gemurmel wie von einem fernen Bach. Jemand lachte! *Wie können die lachen, verdammt noch mal! Er ist tot!* Ich konnte nicht hinausgehen. Ich hätte dieses Kirchenstufenlächeln nicht ertragen, die parfümierten Umarmungen, das linkische Händeschütteln. Das hatte ich heute schon zur Genüge gehabt.
Eine Katze erschien wie ein Geist und strich um mein Bein.

»Hallo, Bandit!« Er machte einen Buckel und schnurrte laut, als ich sein langes graues Fell streichelte. Normalerweise hatte mir Mom die Haare geschnitten und mir dabei jedes Mal einen Bürstenschnitt verpasst. Bis zu dem Tag, als wir Großvater und Großmutter in der Stadt besuchten und Dad meinte, ich solle mir die Haare schneiden lassen. Ich fing deswegen einen Streit mit ihm an, da wandte sich Großvater an Dad und sagte: »Lass ihn doch. Er soll sich ruhig die Haare wachsen lassen.« Davor hatte nie ein Erwachsener für mich Partei ergriffen. Von da an trug ich mein Haar immer so lang, wie ich wollte.

Als Großmutter starb, hatte ich Mumps und lag krank im Bett. Deshalb hatte ich noch nie einen Toten gesehen, den ich gekannt hatte. Judy Davies, die Tochter des Bestattungsunternehmers, hatte mir erzählt, was ihr Vater mit Leichen macht. Wie er ihnen die inneren Organe herausnimmt und den Brustkorb zunäht. Und dann Filz unters Hemd stopft, damit die Leute die Baseballnähte nicht spüren. Ich hätte Großvater nie und nimmer angefasst. Obwohl er die Arme vor der Brust verschränkt hatte und seine Lesebrille in einer Hand hielt.

Sie hatten ihn geschminkt. Man konnte die Puderflecken am Haaransatz sehen. Das erinnerte mich an Tante Gertie, die meine Eltern immer zu Weihnachten einluden. Großvater sah aus wie eine alte Puppe, die in einer Kiste schlief. Der Anblick war mir unheimlich. Ich wünschte, er würde die Augen aufschlagen, lächeln und sagen: »He, mein Junge, wie wär's mit einem kleinen Spaziergang?«

Meine Großeltern wohnten in der Stadt, aber sie liebten das Land. Sie hatten immer einen Picknickkorb und eine karierte rote Decke in ihrem Auto. Sonntags packten sie eine Thermoskanne Kaffee und Sandwiches ein und machten lange Spazierfahrten, nur um sich die Felder anzusehen. In der Erntezeit, wenn Dad mit dem Mähdrescher mähte, stand immer eine Staubwolke am Horizont. Ich saß im Transporter und wartete, bis der Korntank voll war. Gegen Mittag tauchte das Auto meiner Großeltern auf. Und dann kam auch Mom mit meinen Schwestern und im Wagen roch es köstlich nach heißem Roastbeef, Maiskolben, neuen Kartoffeln und frischen Erbsen und Karotten aus dem Garten. Großmutter half, auf den Stoppeln neben den Autos die alten Decken auszubreiten.

Großvater schlenderte oft mit mir über die gemähten Felder. Irgendwann beugte er sich vor und ergriff ein paar Halme, riss ein paar dicke Ähren ab und zerrieb sie zwischen den Händen. Dann hielt er sie dicht vor den Mund und blies Hülsen und Schalen weg. Er sah sich die goldenen Körner in seiner von tiefen Furchen durchzogenen Hand ganz genau an, wie der Uhrmacher bei Eaton's, und stocherte darin mit seinen knochigen Fingern, um zu sehen, welche Farbe sie hatten und wie prall oder verschrumpelt sie waren. »Was meinst du?« Ich wusste, dass er mich auf die Probe stellte.

»Erstklassig«, sagte ich. Und er lächelte, schob die Körner in den Mund und kaute, um festzustellen, wie hart und trocken sie waren. Ich machte ihm alles nach, stopfte mir Körner in den Mund, schluckte sie aber nicht. Ich kaute so lange, bis

sie zu Kaugummi wurden, wie er es mir einmal gezeigt hatte. Dann tauchte Dad mit dem Mähdrescher auf und es wurde gegessen.
Das Essen war immer ein Hochgenuss. Und während wir aßen, ließen sich Großvater und Großmutter von meinen Schwestern und mir berichten, was es Neues gab. Was wir getrieben hatten, wo wir geangelt hatten, ob wir uns auf die Schule freuten. Nach Kaffee und Kuchen verabschiedete sich Dad und ging wieder an die Arbeit. Mom spülte das Geschirr, und anschließend ging sie mit meinen Schwestern zu einem Teich, um Frösche zu suchen. Meine Großeltern legten sich in den Schatten neben dem Wagen und Großmutter bettete ihren Kopf auf Großvaters Brust. »Nur ein Nickerchen«, hatte Großvater immer gesagt.
Noch mehr Autos kamen jetzt die Auffahrt herauf. Noch mehr Leute. Noch mehr Gemurmel. Der Schmerz in meinen Eingeweiden hörte nicht auf. Ich saß wie auf glühenden Kohlen. Ich wollte immer noch nicht da rausgehen.
Ein alter Milcheimer hing an einem Eisenhaken von einem Dachsparren. Spinnweben umhüllten den Henkel wie Spitzen, der Boden war eingebeult vom Tritt einer Kuh. Im nächsten Augenblick sah ich Großvater, den Eimer am Gürtel befestigt, in einer Schlucht durch ein Apfelbeerenfeld stapfen. Die Sträucher waren schwarz von Beeren. Die Sonne brannte. Es war still bis auf das Summen vereinzelter Bienen, das Rascheln der Zweige, von denen wir ganze Hände voll Beeren pflückten, das Geräusch, das die Beeren machten, wenn sie in den Eimer fielen, ein helles Plip-Plip-

Plip, solange er noch leer war, ein dumpferes Plop, als er voller wurde. Manchmal sprachen wir. Manchmal versiegte das Gespräch und nur gelegentlich wanderte wie in heimlichem Einverständnis ein Wort hin und her, eine Bemerkung, ein Lachen. Häufig schwiegen wir einfach.

3 Tage Schneesturm
Minus 35 Grad. Schneewehen über Garage.
11. Jan '29
Ted

»Willst du eine Tasse Tee, Kat?« Großvater stand vor Großmutter, die in ihrem Sessel saß. Sie hatte einen Gichtanfall und der Sessel war mit Heizkissen und einem Vibrationsgerät ausgestattet. Draußen wütete wieder ein Schneesturm. Ich war nach der Schule in der Stadt geblieben, weil ich Eishockeytraining hatte, aber jetzt stürmte es zu heftig, um nach Hause auf die Farm zu fahren. Ein Besuch bei meinen Großeltern war immer die Entschädigung dafür, dass ich in der Stadt festsaß. Großvater machte Kartoffelpuffer mit Haschee, Dosenerbsen und Mais. Ich sah zu, wie er in der Küche Tee einschenkte. Damit brachte er Dad und Mom immer zum Lachen. Er hielt die Kanne so weit von der Tasse entfernt, dass man dem Tee keine Chance gab, sein Ziel zu erreichen. Doch irgendwie überbrückte er die Entfernung und landete in der Tasse, ehe die Schwerkraft merkte, was los war.
Manchmal war wegen des Sturms auch ein Onkel oder ein älterer Cousin da. Ich lauschte ihren Gesprächen – über Poli-

tik, über Neuigkeiten. Wenn alles ausdiskutiert war, setzten wir uns ins Wohnzimmer und Großvater stellte das Radio an und Großmutter löschte das Licht. Das Gerät war aus braunem Holz mit einer Stoffbespannung über dem Lautsprecher und stand in einer Nische neben Großvaters Sessel. Im Dunkeln leuchteten die Ziffern auf der Skala. Wie eine Motte wurde ich von dem Licht angezogen, gierig nach Geschichten aus der Welt jenseits von Saskatchewan. Wir hörten CBS, entweder klassische Musik, was langweilig war, Hörspiele oder, das Beste von allem, Krimis. Oft erwachte ich am nächsten Morgen auf der Couch, wo ich im Pyjama eingeschlafen war. Großvater und Großmutter hatten ein Deckbett über mich gebreitet und mir ein Kissen untergeschoben, ein Kissen mit dem Bild eines Wolfs darauf, der den Mond anheulte, und den Worten *Waskesiu, Prince Albert National Park.*

Ich verließ die Werkstatt und stieg über den alten Schlitten, der in einer der engen Boxen stand. Solange ich denken konnte, stand er dort. Draußen vor der Scheune hatte ich ihn nie gesehen. Es war ein geschlossener Pferdeschlitten. Ein großer gelber Kasten aus Furnierholz mit Kufen aus Holz und Stahl und zwei alten Sitzen, die mit Rosshaar gefüllt waren. Die Windschutzscheibe bestand aus zwei Spiegelglasscheiben und darunter waren zwei runde Löcher, durch die man die Zügel für die Pferde stecken konnte. Großvater sagte, sie hätten sich mit einem Kerosinofen, Büffelfellen und Kuhhäuten warm gehalten.

»Wir spannten die alte Queen und Bess an und fuhren über die Felder zu Nachbarn, spielten Karten, veranstalteten ein

Festessen oder jemand setzte sich ans Klavier und wir sangen. Später liefen die Pferde einfach auf ihrer Spur nach Hause in den Stall. In der kalten Luft konnte man die Glöckchen am Geschirr eine Meile weit bimmeln hören. Und die Sterne funkelten so hell und deine Großmutter sang …«
Großvater hielt inne, und ich fragte mich, woran er wohl dachte und ob man in seinem Alter noch verliebt sein konnte. Und ob er seine alten Freunde und Nachbarn vermisste, die der Reihe nach starben.

Heute, in der Kirche, hatte ich das Gefühl gehabt, dass alle mich anstarrten und darauf warteten, dass ich zu weinen anfing. Dad weinte nicht. Keiner von meinen Onkeln weinte, aber natürlich meine Tanten. Und ganz besonders Mom. Ich glaube, sie liebte Großvater von allen am meisten. Wir schauten immer bei ihnen zu Hause vorbei und brachten ihnen frisches Essen, das Großvater einfrieren konnte und später nur in die Backröhre zu schieben brauchte. Doch bei unserem letzten Besuch fiel mir auf, dass Großvater auf dem Klo ein Malheur passiert war und dass er seine Hose und sogar seine Hände beschmutzt hatte. Mom und Dad tuschelten auf der Heimfahrt im Wagen darüber. Wir alle waren ziemlich traurig. Doch der alte Großvater stand immer noch pfeilgerade da und er warf immer noch gern den Kopf zurück und lachte.

Als er vor ein paar Tagen den Herzanfall hatte, waren meine Onkel innerhalb von Minuten zur Stelle und brachten ihn nach Riverside ins Krankenhaus. Als sie ihn hinaustrugen, sah er zu George auf und sagte: »Na, das war's dann wohl.«

Großvater wusste, dass er nie mehr nach Hause kommen würde.

Der Friedhof liegt vor der Stadt gleich hinter den Silos – eine quadratische Grasfläche, umsäumt von hohen Pappeln, am Rand eines Feldes, das gerade gemäht wurde. Großvaters Grab lag direkt neben dem von Großmutter. Der Grabstein auf seiner Seite war leer. Gunnar, Sigurd, Rudy, Axle, Pat und Johnny, die alle Farmer sind, trugen den Sarg. Langsam zogen sie ihn aus dem langen schwarzen Cadillac, der eigens aus Saskatoon gekommen war. Mit großen Händen und wettergegerbten Gesichtern trugen diese Freunde Großvater zum Grab. Axle kam ins Straucheln und der Sarg kippte zur Seite. Ich fragte mich, ob Großvaters Leichnam sich drinnen bewegte. Ich fragte mich, ob er von irgendwo zusah. Ich fragte mich, was er wohl dachte.

Die Männer stellten den Sarg auf zwei Leinengurte, die über das schwarze Loch gespannt waren. Es war sauber und ordentlich und grässlich. Da runter wollten sie Großvater lassen! In all den Dreck. Dort unten sollte er bleiben, bis der Sarg verfaulte und seine Knochen zu Staub verfielen. Ich presste die Kiefer gegeneinander wie die Backen eines Schraubstocks. Der Schlips schnürte mir die Kehle zu. Ein leichter Windstoß trug den Geruch von Parfüm und Rasierwasser, Stoppelfeld, frisch gemähtem Gras und Erde herbei. Jemand räusperte sich. Jemand schluchzte. Der Pfarrer, ein grauhaariger Holländer, war mit Großvater und Großmutter befreundet gewesen, obwohl sie nicht in die Kirche gegangen waren. Er stand in seinem langen Talar neben Großvaters Kopf, die Silos im Rücken, und lächelte. »Heute haben wir Grund, das Leben zu preisen«, sagte er. »Ein Mann, der von seiner Familie und seiner Gemeinde geliebt wurde und ihre Liebe erwiderte.« Ich biss mir auf die Zunge. Ich starrte auf die orangefarbigen Lilien auf dem Sarg.

Ein Gebet wurde gesprochen, dann nahm der Pfarrer eine Hand voll Erde und ließ sie auf Großvaters Sarg rieseln. Und dann gab er Dad und Mom und meinen Onkeln und Tanten die Hand. Die Leute begannen wieder, leise zu sprechen. Hände wurden geschüttelt. Umarmungen. Lächelnde Gesichter. Es war vorüber. Meine Schwestern und ich wussten nicht, was wir tun sollten, und so stiegen wir hinten in unseren Wagen ein und warteten. Schließlich stiegen auch Mom und Dad ein. Sie sahen grau und mitgenommen aus. Als Dad den Wagen anließ, drehte ich mich um und blickte durch die Heckscheibe. Mr. Davies, der Leichenbestatter, beugte sich gerade vor und löste die Sperre an den Gurten. Langsam schwebte Großvaters Sarg in die Tiefe, wie ein Auto auf einer Hebebühne. Sekunden später waren er und die Lilien verschwunden. Ein Wind kam auf, als wir losfuhren, und die Blätter der Pappeln rauschten, als spendeten sie Applaus – für Großvater in seinem blauen Nadelstreifenanzug, mit seiner Brille in der Hand, mit Formaldehyd in den Adern.

Heute Picknick in Beaton Coulee
5 Zentimeter Regen letzte Nacht. Weizen steht gut.
Ted & Kat, 30. Juni 1947.

Jemand war am Tor. Es glitt ein Stück zur Seite. Ein Schritt auf dem Zementboden.

»Bist du da drin?« Es war Mom.

»Ja, hier.« Ich richtete mich auf und wandte ihr das Gesicht zu. Es war ein seltsames Gefühl, Mom hier in der Scheune zu sehen, besonders in ihrem Sonntagskleid und mit Lippenstift.

»Hi«, sagte sie und musterte mein Gesicht mit Röntgenaugen. »Bist du okay?«

Ich schüttelte den Kopf. Und dann passierte es. All die Gefühle, die sich in der letzten Woche, in den letzten drei Tagen, in mir aufgestaut hatten, drückten nach oben wie Brunnenwasser in einer Pumpe. In meiner Brust fing ein Kolben an zu arbeiten, bewegte sich hin und her, ließ meine Schultern erzittern, erzeugte Druck. Ich stand mit hängenden Armen da, die Hände zu Fäusten geballt, und schließlich kamen die Tränen.

Mom nahm mich in die Arme. »Ich weiß«, flüsterte sie. »Ich …« Sie hielt inne, versuchte, etwas zu sagen, brachte aber keinen Ton heraus. Sie schlang die Arme noch enger um mich. Ihre Schultern bebten. Wir standen beide da und weinten.

Schließlich trat sie zurück, wischte sich die Augen und sah mich an. »Du weißt, dass er immer hier sein wird, nicht wahr?«

Pling! Ein metallisches Geräusch drang von draußen herein. »Sie werfen Hufeisen!«

»Ja. Dein Großvater würde es so wollen, meinst du nicht?«

»Doch, wahrscheinlich.«

»Glaubst du, du kannst jetzt mit rauskommen und Hallo sagen?«

»Ja.« Ich wischte mir das Gesicht ab und schniefte. »Ich komme in einer Minute nach. Ich muss vorher noch was erledigen.«

»Okay.« Mom ging zum Tor und trat ins Licht hinaus. Sie blieb stehen und hob den Blick. »Ideales Wetter zum Picknicken. Ich wette mit dir, dass sie genau das in diesem Augenblick tun.« Und dann war sie verschwunden.

Ich stand eine Minute lang da, dann drehte ich mich um, ging in die Werkstatt und nahm eine Dose aus dem Regal neben der Werkbank. Darin lag der gelbe Stummel eines alten Zimmermannbleistifts. Ich suchte mir eine freie Stelle an der Wand.

Edward (Ted) Anderson heute beerdigt. Alter 92.
Alle seine Freunde und Angehörigen hier.
Sonnig, 25 Grad.
Eric.
19. September 1965.